U0087868

The
Same
Old
Story

老樣子

從神話史詩到現代小說，
跟著西方經典作品思考
「老化」這件事

陳重仁 著

三民書局

文明叢書序

　　起意編纂這套「文明叢書」，主要目的是想呈現我們對人類文明的看法，多少也帶有對未來文明走向的一個期待。

　　「文明叢書」當然要基於踏實的學術研究，但我們不希望它蹲踞在學院內，而要走入社會。說改造社會也許太沉重，至少能給社會上各色人等一點知識的累積以及智慧的啟發。

　　由於我們成長過程的局限，致使這套叢書自然而然以華人的經驗為主，然而人類文明是多樣的，華人的經驗只是其中的一部分而已，我們要努力突破既有的局限，開發更寬廣的天地，從不同的角度和層次建構世界文明。

　　「文明叢書」雖由我這輩人發軔倡導，我們並不想一開始就建構一個完整的體系，毋寧採取開放的系統，讓不同世代的人相繼參與、撰寫和編纂。長久以後我們相信這套叢書不但可以呈現不同世代的觀點，甚至可以作為我國學術思想史的縮影或標竿。

自 序

如果我們不知道以後會變成什麼樣子，就無法知道現在
是什麼樣子。

—— 西蒙・波娃

　　或許我們可以這麼說：沒有人喜歡老，即便是最享受人生
的人，也不喜歡以老的姿態面對每一天。更別說老可能暗示的
刻板印象：人愈老，愈沒有朋友；人愈老，愈孤僻；人愈老，
就愈接近人生的終點。化妝品專櫃的神奇產品，都以防皺抗老
的神秘配方吸引消費者購買，沒有任何一家商品會以維持甚至
促進皺紋生長作為賣點。在社交場合中，大家會盯著朋友孩子
充滿膠原蛋白的圓嘟嘟臉龐，爭相稱讚孩子有多麼可愛，可是
卻不會有人拿出手機討論爺爺奶奶的照片，更不會想盡辦法描
述爺爺的白頭髮以及奶奶的皺紋有多麼迷人。當「孤獨死」（獨
居者在自家過世）、「下流老人」（陷入困境的貧窮老人）、「生涯
現役」（終生不退休）已經成為現在進行式，我們卻沒有辦法拿
出足以寬慰的對應措施。這不只是醫療、社福、養護的嚴峻挑
戰，也是文化與認知的挑戰。根據國家發展委員會發布的報告，
臺灣已經在 1993 年邁入高齡化社會，預計在 2025 年進入超高
齡社會，每五個人就有一位 65 歲以上的老人；到了 2034 年，

全國會有一半的人口是 50 歲以上的中高齡族群。面對人類文明發展至前所未有的高齡化社會 (aging society)，我們不論是在制度面上，或在文化論述上，都還沒有準備好。

我們看待周邊老人的態度，以及整體社會對待老人的態度，其實反映出的是我們如何思考自己的未來，也就是我們對待自己的態度。老是一種無從迴避且無法反轉的自然定律，是被動的選項。人生的每一天都向老化邁出一步，往前的每一步都在歲月的催促下推進，沒辦法停下來。可是，我們用什麼樣的姿態前進，我們抱持著什麼樣的心態前進，還是有選擇的。老化當然是生理與醫療層次的議題，但是老也可能具有豐富的文化意涵。我們如何看待老？我們如何處理老？我們如何期待老？都直接反映出我們的文化價值與態度。

既然老是生命的一部分，為什麼我們獨厚特定的生命階段？文學作品喜愛緬懷天真的童年、熱情的青少年、活躍的青年、壯盛的成年，但是否特別忽略或是貶抑老年？文學的書寫理應充滿各式的可能，但我們對於老年的想像是否容易流於刻板或醜化？我們對於老年的觀察是否過於平面或簡化？我們可不可以這麼說，如果成功的人生包含老年，如果完整的人生包括快樂的老年，如果和諧的社會也邀請老年的參與，那麼我們距離理想社會的距離，會不會更接近一點？

這是一本討論「老」的書，討論西方文學作品如何看待老，討論老的概念如何影響書寫創作，也討論老的價值如何影響文

學，以及文學如何反映關於老的諸多面向。但本書礙於篇幅受限，也礙於寫作的人能力有限，討論目的並不在於整理一部西洋文學的老年史，而是探究西洋文學呈現老年的手法、討論的角度，以及多元繁複與開放包容的老年觀。如果說影響深遠的文學作品以及哲學思潮是西方世界重要的文化基底，那麼這些重要的作品便是文學書寫蘊含的豐厚底蘊。一道道的命題與鋪陳，不只告訴人們「老」是怎麼一回事，更要啟發人們該用什麼角度與方法，來反覆思索辨證「老」對於人類的生命價值。如前所述，我們無法迴避老，但我們可以選擇如何老，這是我們從閱讀的過程中可以得到的寶貴經驗，也是當前社會亟須面對思索的一項議題。

這本書的撰述是近年來研究計畫的成果。感謝傑出人才基金會頒贈我「年輕學者創新獎」，這是我學術生涯中獲得的重要獎項，這個獎項的鼓勵與支持，讓我得以專心研究撰述。感謝國立臺灣大學推動的學術研究生涯發展研究計畫（深耕型計畫），臺大給予我的研究計畫「記憶、老化與生命書寫：醫療化社會的恐懼與喪失論述」充分的支持，使得這項研究計畫順利進行，無後顧之憂。感謝歷年協助計畫的研究助理：郭止暄、黃淑祺、趙彥翔、林季儒、鄧思潔，你們的參與和貢獻是這本書重要的資產。感謝臺灣大學參與課程的學生，這本書的部分內容來自於外文系研究所「記憶、老化與生命書寫」、臺大通識課程「醫學與文學」與「老化社會與記憶書寫」的課程內容。

謝謝協助討論的助教群：黃冠維、周佳宜、林予農、翁悅心、劉冠廷、陳柏瑞、陳世華、楊庭維、葉乃爾、李玟儀、王欣慈、劉亭芝、邱恩琪，也謝謝每一位參與課程討論的同學，感謝大家對課程的投入與回饋。

約莫在我開始展開這項計畫的同時，我的弟弟放棄了科學園區工程師的工作，毅然決定回到澎湖老家陪伴父母。這個重要的決定當然伴隨著很多的犧牲，也有弟妹與兩個孩子寬容無悔的支持。也是在這段時間裡，原本熱衷志工工作的岳父，卻突然忘了回家的路。這使得撰寫本書在學術探索之外，也督促我內省反思老化對於家族與自己生命的意義。

本書的完成，得感謝家人無條件的支持與包容，謝謝智怡的付出，謝謝秉德與秉威帶來的歡樂，琴聲不輟，笑語不歇，老樣子，是最好的樣子。

老樣子

從神話史詩到現代小說，
跟著西方經典作品思考「老化」這件事

文明叢書序

自　序

第 1 章　永恆與轉瞬的互存共生

　　　　——希臘神話與《荷馬史詩》的老化再現　　　1

第 2 章　養生與健康

　　　　——西方醫學起源的老化論述　　　23

第 3 章　成功的老化

　　　　——希臘羅馬哲學家的老化哲思辨證　　　45

第 4 章　戲如人生，人生如戲

　　　　——莎士比亞的老化書寫　　　67

第 5 章　自然與老年

　　　　——培根的老化辨證與養生論述　　　89

第 6 章　機械與生命

　　　　——精密準確的生命觀與長壽論述　　　109

第 7 章　工業革命與老年

　　　——維多利亞時代的眾生群像與老化　　143

第 8 章　《老人與海》與焦慮

　　　——海明威的老年與男性氣概書寫　　163

第 9 章　性別與老年

　　　——西蒙・波娃的老化書寫與他者哲學　　187

第 10 章　《依然是愛麗絲》

　　　——老化與失憶的再現與危機　　205

結　語　　223

參考書目　　229

圖片來源　　233

第 1 章／*Chapter 1*

永恆與轉瞬的互存共生
——希臘神話與《荷馬史詩》的老化再現

　　無論是哪個年代或是哪個文化，人類對於追求青春永駐與長生不老的境界始終充滿熱情。然而，人類生命的衰老與消逝是不變的法則，這個無上法則不僅全體適用，而且無法逆轉。正因為青春不可能永駐，反倒成為神話故事中最常出現的題材，例如在希臘羅馬神話當中，即流傳著幾個追求青春永生的故事。神話當中的天神自然都是長生不老的，但是希臘羅馬神話的神祇經常與凡人有密切的互動與連結，不少天神與凡人的情侶檔，最終都面臨其中一方必然老化逝去的命運。永生不死經常驅動故事劇情，或是成為考驗主角意志的測試，青春不老是一個充滿吸引力的危險誘惑。另一個常見的劇情衝突是：對於終將一死的凡人來說，突如其來獲得長生的能力，究竟是眷顧還是詛咒？

神人有別

　　讓我們先從希臘羅馬神話當中，幾個有關人們追求青春美

貌的故事談起。

　　首先是有關超越老年，達到永生的故事。在希臘神話當中有一位掌管老年的神祇，名為革剌斯 (Gēras)，祂是黑夜女神倪克斯 (Nyx) 與黑暗之神厄瑞波斯 (Erebus) 的兒子，雖然具有永生不死的能力，卻無法停止衰老。相對於外表活潑可愛、掌管永恆青春、替眾神斟酒帶來歡樂與諒解的女神赫柏 (Hebe)，革剌斯通常被描述為外型矮小萎靡的老人，代表著蒼老衰敗。

　　就出身背景而言，革剌斯擺脫不了幽暗的負面特質。但希臘羅馬神話的角色往往具有複雜多重的面向，不會只有單一扁平的價值。因此若從字源的構成來看，Gēras 由 kleos（名氣）與 arete（卓越、勇氣）兩字組成，意思是隨著年紀增長，名氣與聲望會愈來愈高，影響力愈來愈深遠，掌控的權力也愈來愈大，甚至還可以成為一種美德。英語中的 geriatric（老年學）這個字，正是由 Gēras 而來，代表若是深入探究，老年的生命樣貌其實具有多重寓意，不全然是負面意義。

　　革剌斯最有名也最令人印象深刻的出場，是遭到大英雄赫克力士 (Heracles) 追打的狼狽模樣。相對於革剌斯代表的衰老，赫克力士是勇氣與榮耀的象徵，並且迎娶剛才提過的青春女神赫柏為妻，郎才女貌，勇氣與才智兩全，簡直就是人生勝利組的代表。不過讀者可能會感到訝異的是，大英博物館收藏一只長頸雙耳瓶，上面的圖案描繪赫克力士與革剌斯之間的故事：體型健壯的大英雄手持招牌狼牙棒，追打手無寸鐵、明顯不是

自己對手的老人。瓶上的赫克力士身披獸皮、體型壯碩，肌肉線條相當健美；相較之下革剌斯不但身體赤裸，而且瘦小駝背，面對赫克力士的追打只能閃躲、逃避。兩人最大的差異在於，即便兩人的生殖器都赤裸暴露在外，但赫克力士體毛濃密，革剌斯則光禿無毛。

　　另一只收藏於羅浮宮的長頸雙耳瓶也呈現類似的構圖，只不過瓶身上的革剌斯體型更為矮小，裸露無毛髮的生殖器更加萎縮無力，而且光禿的頭被赫克力士單手壓住，高舉的狼牙棒看似就要往革剌斯的頭揮去，整體的動態感十分強烈。

　　這些年輕人「不講武德」、掄棒追打老人的圖像，其實並非表面上看來的恃強凌弱，而是講述大英雄奮起超越凡人能力的

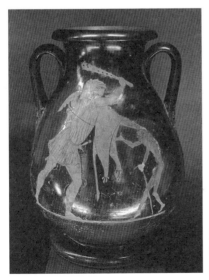

圖 1-1　繪有赫克力士與革剌斯的長頸雙耳瓶，羅浮宮 (Louvre Museum)收藏。

故事。赫克力士一生英勇事蹟無數，打敗許多奇異兇狠的怪獸，但是最終對手卻是一路尾隨的老年之神。這個故事的寓意很清楚：儘管人類擁有青春與活力，卻被老化的腳步緊緊跟隨著，且終有一天會被追上。故事中，大英雄痛擊老年之神，即便是死亡之時，身體樣貌也始終沒有老化衰敗，而且隨即升天加入眾神行列。只不過，神話中的美好結局往往得反著解讀，故事中赫克力士獲得勝利、受人景仰，其實也表示大英雄的一切英勇事蹟，包括逃離老化，正是凡人之力所不能及。

　　第二個是有關青春美貌的愛情故事。希臘神話當中有不少天神與凡人相戀的故事，故事的結尾通常都不甚完美，追究故事背後衝突的最大原因，多半是因為天神與凡人存在著無法跨越的落差，而在本質上存在如此巨大的落差，即便有愛情的承諾，多半也經不起考驗。例如女神艾奧斯 (Eos) 與美少男提托諾斯 (Tithonus) 的愛情故事便是一例。艾奧斯是掌管黎明的女神，她會在清晨時分親手掀起天門迎來太陽神的座車，開啟全新的一天。據神話的描述，艾奧斯的手指如玫瑰花一般纖細，所到之處都會留下散發玫瑰花香的晨露，是一個外表極為美麗的女神。這位女神愛上了凡人美少年提托諾斯，應允將協助他獲取永生，兩人就可以常相左右、永不分離。艾奧斯向宙斯祈求，也獲得宙斯的同意。但艾奧斯急於前往與愛人赴會，忘了確認宙斯允諾的內容：宙斯確保提托諾斯不會死去，但卻沒有答應讓美少男永保青春美貌。提托諾斯逐日老化、萎縮，最後

化為蟬，每日在清晨唧唧鳴叫，伴隨著黎明女神的到來。

　　希臘羅馬神話中的天神往往像人類一樣有著複雜的七情六欲，他們與凡人所生的兒女多半具有介於凡人與天神之間的能力，最大的差別是：凡人終將一死，而天神完全免於死亡的威脅。另一個天神與凡人結合的故事，也跟永生不死的傳說有關。希臘第一戰士阿基里斯 (Achilles) 是希臘國王與海洋女神泰提斯 (Thetis) 所生的兒子。女神泰提斯在孩子出生之後，亟欲讓孩子也擁有天神般不死的生命，便握著孩子的腳踝，將其全身浸泡到冥河當中，希望藉由冥河的神力庇護而能刀槍不入。只是泰提斯沒有想到，阿基里斯最大的弱點，就是媽媽當時手握著而沒有浸泡到河水的腳踝。即便阿基里斯具有永生不死的神力，卻因為弱點被識破而被弓箭伏擊，最後因腳踝的致命傷而喪命。也就是說，根據故事的設定，若是沒有遭遇暗算，阿基里斯也能像天神一般青春不老。

　　希臘羅馬神話中，天神神力是與生俱來的，不需要仰賴修練便能擁有。既然天賦能力不需要歷經百般考驗才能獲得，外貌形象自然也會以青春正盛的年華示人。天神不會老，也不需要老，除非有偽裝的必要，否則天神多半展現出最美麗、最精壯的外貌，永遠維持在生命中最美好的模樣。也因為如此，受到希臘羅馬神話啟發的西方文明，往往在藝術創作中以青春壯盛的身體形象來演繹神話故事中的神祇。透過雕像、繪畫、詩歌等藝術創作媒介，歌詠著永恆不滅的青春謳歌。

圖 1–2 「泰提斯將阿基里斯浸入冥河」 魯本斯 (Peter Paul Rubens) 繪，約 1630 年代，荷蘭博伊曼斯·范伯寧恩美術館 (Museum Boijmans Van Beuningen) 收藏。

女性的美貌與青春

　　另一個重要的西方文明起源《荷馬史詩》當中，也有不少關於青春美貌的想像。荷馬（西元前 750 年–？）大約活躍於西元前七百年左右的古希臘，一說是個失明的傳奇吟遊詩人。但也有人認為此人並不存在，現存的文字是幾個世紀以來相傳承襲的作品精華。荷馬最有名的是《伊里亞德》(*Iliad*) 和《奧德賽》(*Odyssey*) 兩部作品（兩者統稱《荷馬史詩》），當中就有不少思考年老或是歌頌青春的精彩橋段。

　　《伊里亞德》描述的是特洛伊戰爭結束前的故事，其中對於青春美貌有相當精彩的描繪，例如故事開場，特洛伊祭司克律塞斯 (Chryses) 前來索討他被阿伽曼儂 (Agamemnon) 強行擄走的美麗女兒，希望獻上重禮將女兒贖回。阿伽曼儂占了便宜卻不肯讓步，斷然拒絕這位父親的請求，並言詞恐嚇這位老人：「我不會交還姑娘。在此之前，歲月會將她磨得人老珠黃，她得遠離故鄉，跟我一起到阿爾戈斯去，她將在我的房間與織布機之間往返穿梭，隨我同床！」在稍後有關海倫的描述，荷馬也是這麼說的：「為了海倫和她的財物決鬥，哪一邊贏了，就證明他更強，理所當然帶走所有的財物還有女人，全都帶回家。」在這場史詩戰役當中，女性的美貌與青春歲月，是可以被奪取、占有的戰利品，而年華老去是一種懲罰。

　　至於特洛伊戰爭中最大的戰利品，當然是那位號稱史上最

美麗的女人：海倫 (Helen)。

在神話故事中，海倫有個奇異的身世背景。據說天神宙斯幻化為天鵝之後，強暴了斯巴達皇后麗達 (Leda)。宙斯逞完獸欲之後便揚長離去，麗達則因此懷孕並產下兩顆蛋，海倫便是從蛋中誕生的。十六世紀英國劇作家馬羅 (Christopher Marlowe) 在劇本中寫到，「就是這張臉蛋引來千艘戰艦／焚燬高聳入天的特洛伊塔嗎？」("Was this the face that launched a thousand ships/And burnt the topless towers of Ilium?") 知名的美國搖滾樂團「麵包樂團」(The Bread) 後來引用這個典故，其代表作當中有一句歌詞：「能夠引來千艘戰船的面容」("a face could launch a thousand ships")，就是歌詠海倫致命的美貌。

可是，問題不在於海倫究竟有多麼美。歷史上因為搶奪女人引發的戰爭不在少數，男人的私欲似乎總可以從女人的美貌找到藉口。女人可以有多美？美到讓人為之刀劍相向也值得嗎？這似乎是一個無從模擬想像、也不太需要深究的問題。如果放置到故事的背景來看，更有趣的問題在於：海倫的美貌可以持續多久？多年的消耗對峙之後，歷經歲月與戰火洗禮的海倫，依舊是勝利者最想要擁有的獎盃嗎？

要回答這個問題，我們大概得計算一下這場戰爭打了多久？還有在戰爭開打時，海倫的年紀有多大？一般說來，讀者多半認定特洛伊戰爭延續了十年，這是根據故事年譜的計算。可是，海倫哀悼特洛伊第一勇士赫克特 (Hector) 的時候，卻講了一句

令人玩味的話：「從我遠離家鄉、背棄祖國算起，今年已經是第二十年了。」海倫來到特洛伊城後，究竟過了十年還是二十年？這當中的差距，有可能是口耳相傳的訛誤，也可能是筆誤導致的前後不一。根據歷史學家葛林 (Peter Green) 在加州大學出版社的譯本註解，在荷馬寫作時期，一般人多半將十年以上的時間通稱為二十年，這種無條件進位的概算法，可能是當時特有的慣例。無論如何，戰爭肯定是曠日費時的，不管這場戰爭打了十年或是二十年，都是很長的時間。

　　海倫豔名遠播，追求者眾，在故事開場時，海倫已經是斯巴達國王墨奈勞斯 (Menelaus) 的皇后。一般的說法是，海倫是受到脅迫才下嫁墨奈勞斯的，兩人間並無真愛，因此一見到特洛伊王子帕里斯 (Paris) 便受到他帥氣的外表誘惑，可是在此之前，墨奈勞斯已經與海倫一同經營了十年的婚姻。帕里斯陪同兄長赫克特訪問斯巴達，本應遵守為客之道，可是卻在享受禮遇款待之餘，將主人的美嬌娘一併打包帶走，國王墨奈勞斯自然無法嚥下這般羞辱，於是聯合好戰的哥哥，也就是希臘國王阿伽曼儂組成聯軍興師問罪。兩軍對峙，雙方各有奇人異士，特洛伊戰役成了長期消耗戰，一打就打了十幾年。這十餘年間，海倫曾在兩軍交戰前因內疚現身，從特洛伊城上俯望兩軍戰士，雙方戰士遠望著海倫，竟因無心戀戰而休戰一天。

　　海倫與帕里斯共育有三子一女，而美貌依舊如昔。後來帕里斯在戰爭中喪命，他的兄長德依福波斯 (Deiphobus) 遂娶海

倫為妻。最後，希臘聯盟採用木馬屠城的計謀攻破特洛伊城牆的防禦，希臘聯軍至此大獲全勝，而墨奈勞斯也一如之前宣示，將手刃海倫昭告世人以示懲戒，但利刃出鞘之後，卻又因見到海倫的美貌而心軟，不僅刀下留人，並將海倫奪回。

　　海倫的故事結局有許多版本，有一說海倫因具半神的身分，戰爭一結束就被天神接到奧林帕斯居住，因此永保青春美麗。還有另一個版本是，海倫在戰爭後遭人挾怨報復，被私刑處決不得善終。至於《荷馬史詩》當中並未著墨於海倫的下落，在《伊里亞德》的尾聲，海倫聲淚俱下地參加赫克特的喪禮，並且帶頭領唱輓歌，故事便在英雄的喪禮中結束，沒有說明海倫接下來的際遇，留給讀者無窮的想像空間。

　　神話故事多在民間口述相傳，流傳數代後，很多劇情會有出入，例如：海倫與帕里斯彼此是否兩情相悅？或是帕里斯強行擄走海倫？化成天鵝的宙斯與麗達究竟是愛情戰勝一切差異的人獸戀？還是偽裝無害的動物伺機霸王硬上弓？這些細節都因為敘述目的與撰述風格不同，導致情節發展大相逕庭。不過唯一沒有變的，就是所有故事版本都一致同意海倫的美貌歷久不衰。經歷與墨奈勞斯的十年婚姻，加上與帕里斯共同經營家庭的十年，而且海倫在此前還曾遭到特修斯 (Theseus) 綁架至冥王黑帝斯 (Hades) 的地盤，就算不計算這段遭綁架的過往，海倫在特洛伊戰爭的故事當中，仍然歷經至少二十至三十年的歲月流逝。戰火中世事難料，唯一可以確定的是，海倫的青春美

圖 1–3　「維納斯引導海倫與帕里斯墜入愛河」　安潔莉卡 (Angelika Kauffmann) 繪 ， 1790 年 ， 義大利卡比托利歐博物館 (Capitoline Museums) 收藏。

圖 1–4　「綁架海倫」　羅馬內利 (Giovanni Francesco Romanelli) 繪，約 1630 年代，俄羅斯艾米塔吉博物館 (The State Hermitage Museum) 收藏。

貌持久不變。

海倫在《伊里亞德》當中，便是在青春與老化的鮮明對比下登場。儘管荷馬並未讓海倫以豔冠群芳的姿態登場，還花了不少心思經營其他的角色，然而通篇與海倫連結的形容詞都與外表有關，例如：「美髮海倫」(fair-haired Helen)、「迷人的海倫」、「最美麗的女人」、「出身高貴的海倫」等。值得注意的是，儘管海倫是世界第一美女，荷馬卻沒有刻意描繪海倫的外表；用來描述她的形容詞，也多半是語意含糊的詞彙，而非具體深入的描繪，當然也談不上寫作的技法有多麼高深，例如：「披在身上的長袍飄散出清香」、「長裙飄逸」、「長髮秀美」等。但這當然不是荷馬辭窮，而是詩人刻意透過與周遭人物的對比，來突顯海倫的獨特。一來荷馬的文字有寬廣的想像空間，二來荷馬刻意鋪陳的，不只是海倫的美貌，而是海倫的美麗不會衰老：

> 這幾位都是城裡令人尊敬的長者，他們端坐在思凱嚴城牆門上，這些長者年事已高無法參戰，卻依舊滔滔雄辯，說起話來就像是樹林裡棲息在樹枝上的蟬，清晰有力的談吐遠遠傳來。這些人是特洛伊城裡的頭人，他們老是棲息在城牆上。他們遠遠看到海倫沿著城牆走過來，便壓低交談的聲量，但他們講話的內容還是清晰可辨：「特洛伊人跟亞該亞人（編按：希臘人統稱）歷經苦難，都是為了這個女人，不過這可不能怪他們。她的外表就像

是個不死的女神，不過儘管如此美麗，還是讓她離開吧，
別讓她留下來了，她只會把悲傷帶給我們，還有我們的
孩子呀！」

對照於城牆上高談闊論的老人們，海倫的美麗簡直就是無
法褻玩的神聖存在，無論是過了二十年還是三十年都不會老。
一如阿基里斯的刀槍不入，海倫的青春不朽來自她半神半人的
出生背景，生來便有完美外表與超凡能力，縱使在凡塵情欲中
打滾，海倫的完美依舊毫不褪色。

凡人的老化

對比永恆美麗的海倫，便是已經喪失戰鬥價值的老人。荷
馬在作品中大量且反覆地以生理特徵作為換喻 (metonymy)，透
過外表的局部描述，投射到範圍更大、更全面的對象。以海倫
為例，荷馬慣於以美麗的秀髮來代表海倫的美，而凡人的老化，
則經常以膝蓋作為連結。

史詩中將膝蓋作為斷定老化的標準。膝蓋硬挺有力，代表
年輕力壯；膝蓋軟弱無力，則是老化甚至死亡的象徵。類似的
修辭還可以在作品中多處找到呼應，例如在兩軍開戰之前，能
言善道的老將奈斯托爾 (Nestor) 集合大軍激勵士氣，阿嘉曼儂
大喜，隨之附和老將的喊話：

基於他多年來對戰爭累積的知識，老人愷切陳辭。見此
情景，阿伽曼儂備感欣慰，高聲附和，話語清晰可辨：
「老壯士，一如你的心胸激昂壯闊，願你的膝蓋也能如
此支持你，願你的氣力用之不竭。不過，免不了呀，老
年使你虛弱，但願有戰士能夠接收你的年紀，讓你也變
成一位年輕的戰士！」

又如在兩軍交戰之際，眼見希臘聯軍的大英雄狄俄墨德斯
(Diomedes) 攻無不克，心急的特洛伊將領艾尼亞思 (Aineias) 不
斷呼喊第一神射手潘達羅斯 (Pandaros) 回擊：「來吧，祈求宙斯
的協助，把弓箭瞄準那個人吧，不管他是誰，他的龐大氣力已
經造成特洛伊的重大損傷，使得許多驍勇壯士的膝蓋都不支倒
地了」。此外，膝蓋也作為衡量男性氣概的基準，在交戰過程中
落居下風或是有事懇求於人，彎下身子抱著對方的膝蓋，似乎
是當時普遍認定為示弱求情的動作。像是阿德瑞斯托斯
(Adrēstos) 在交戰的時候從馬車中摔出，就跌落在敵方將領墨奈
勞斯腳邊，落敗的阿德瑞斯托斯立即環抱敵將的雙膝求饒，懇
求敵將若赦免一命必定回報重金。膝蓋在《荷馬史詩》多次被
提及，出現時機不一，但都有連結男性生理狀態的寓意，無論
是老年或是落敗，都是男性氣概重大的挫敗。

相對於老將擔憂膝蓋退化，體力不再，驍勇善戰的年輕戰
士則是被賦予膝蓋活動靈活自如的優勢。在第一勇士赫克特的

領軍之下，特洛伊壯盛的軍隊一直是希臘聯軍的夢魘，此外赫克特又受到太陽神阿波羅 (Apollo) 的眷顧，在太陽神加持之下軍隊士氣大振，高漲的戰力全都反映在部隊戰士以及領軍大將強韌的膝蓋之上：

> 話才說完，他給士兵的守護者吹入巨大的力量，如同馬棚裡頭的駿馬，在馬槽裡受到妥善的餵養，一旦掙脫韁繩，蹄聲噠噠，旋即在草原上飛奔。他會直奔鄰近經常洗浴的河流，驕傲地抬著頭，背上的長鬃飄揚，英姿煥發，氣宇軒昂，陶醉於自己的活力，迅捷的腳步引領著他奔向草地。一如奔馳的馬匹，赫克特同樣也是疾風勁速，他的雙腿與膝蓋盡情馳騁，催促著馬車駕駛一路前進。

　　老化反映在膝蓋的耗弱退化，透過一再重複的詠唱，成為反覆出現的強烈意象。相對於交戰雙方對海倫美貌的爭求，老化的膝蓋則是另一個交戰雙方都共同擁有的特質。荷馬的史詩建立於口述相傳的傳統，在劇情安排仰賴許多次要角色以旁觀或是對談的方式鋪陳，而老人往往以旁觀者的角色參與故事的建構與傳承。也就是說，老人的角色或許不是故事的主要關懷，但卻決定故事敘述的調性以及發展方向。隨著膝蓋退化反覆出現在雙方的言談中，除了對於情欲的執著之外，老化是另一個凡人共同擁有的特點，對戰的雙方儘管刀劍相向，彼此之間其

實並沒有那麼不一樣。

　　即便是如阿伽曼儂一般好戰的大將，縱有大軍任其號令差遣，老化依舊是無法迴避的宿命。尤其兩軍對戰之際，在對方戰士赫克特的領導下，希臘聯軍居於劣勢，加上戰火綿延似無終日，尤感疲累。阿伽曼儂跟弟弟墨奈勞斯交代指示，隨後步行至軍營探視，遇見了老將奈斯托爾，尋求長者對戰事的建議。奈斯托爾較為年長，十一位兄長皆盡戰敗身亡，儘管年歲已高，作戰的盔甲、武器卻一樣沒少。但在奈斯托爾帳營裡吸引阿伽曼儂目光的，卻是束身的腰帶。原來是老將年歲已高，得要仰賴腰帶支撐，方能在戰場中站直身體：「放在他身旁的還有擦得閃閃發亮的腰帶，老人用來束緊腹圍，如此方能在殺戮戰場中帶頭領軍，他可從來都沒有跟年紀的苦難屈服過。」奈斯托爾似乎因為夜色黑暗或是眼力老化，竟然沒辦法看清指揮大將的長相，阿伽曼儂的回應同樣環繞著能否在戰場中支撐站立的話題，並以此作為評估身體條件的標準：「我是阿伽曼儂，你知道的，阿特柔斯 (Atreus) 之子。宙斯賜予我無止境的苦難，痛苦比誰都來得多，不過只要我還有一口氣，我的膝蓋就能夠撐得住！」對兩位苦思作戰對策的老將來說，除了敵軍勇猛的大將赫克特讓人傷神，恐怕年紀的考驗更是沉重。

　　儘管老驥伏櫪，在烈士日暮之際，老將終有力不從心的時刻。奈斯托爾面對軍隊的這番公開談話，形同是體認到時不我予的退休感言：

話才說完,他交給奈斯托爾接著講,而奈斯托爾也欣然接受。他接著講了,他的話語清晰有力:「當然是的,你們剛剛說的,我的孩子,都是對的。我的雙腳已經不再強壯,我的朋友,我的手臂也是,儘管手臂還是好端端地接在我的肩膀上。我如果還能夠年輕一次的話,我的力氣必定還是用之不竭!」

奈斯托爾機靈冷靜且有大智慧,擅於鼓勵士氣,自開戰以來,一直是希臘聯軍仰賴的大將。但是即使天縱英明如奈斯托爾,也無法面對時間殘酷的考驗,無論再怎麼身強體壯,總是會有日薄西山的一天。老化,是交戰雙方共同面對的殘酷考驗。不過這並不是說《荷馬史詩》對於老化的殘酷現實給予負面呈現。相反地,正如奈斯托爾在戰爭當中展現的領導智慧,荷馬筆下的老將即使已經過了軍旅生涯的巔峰,不再是戰場上最耀眼的明星,仍舊憑著生命經驗,盡心盡力,展現老將的價值與尊嚴。就這個角度看來,即便在刀劍相向的戰場上,老人都還保有無可取代的地位,可見老人在希臘文明享有的禮遇與尊重,不因力衰氣竭而遭到鄙棄。一如奈斯托爾對阿伽曼儂的喊話:

阿特柔斯之子,我也想要回到年輕的時候呀!我還想保有我手刃尊貴的厄魯薩利昂 (Ereuthaliōn) 那時候的力氣。那時我還很年輕呀,可是我現在只有老年為伴。即

圖 1–5　　「阿基里斯在葬禮競賽上將睿智之獎獻給奈斯托爾」　　拉里維埃 (Charles-Philippe Larivière) 繪，1820 年，法國穆然古典藝術博物館 (Mougins Museum of Classical Art) 收藏。此故事記載在《伊里亞德》中，畫面上的奈斯托爾白髮蒼蒼、老態龍鍾，與阿基里斯形成明顯的對比。

便如此，我還是會穿梭在站在馬車上的戰士之間，我將
會激勵他們，為他們提供諮詢，這是老人的權利呀。舞
槍弄劍的事情就交給後生晚輩，交給比我年輕的人，交
給有信心出得上力的人來做吧！

文學世界中對於女性青春美貌的歌頌不計其數，相較之下，

對於男性的外表是否能夠永保帥氣俊挺，似乎顯得較不關心。
在《荷馬史詩》中，奧德修斯是個貫穿特洛伊戰爭與航海冒險
的核心角色，而奧德修斯除了是具有膽識與智慧的領導人物外，
也是個面臨誘惑仍能不為所動的勇士。奧德修斯在特洛伊戰爭
結束後，希望能夠儘速回到久別的故鄉伊瑟嘉島 (Ithaca)。然
而，天神卡莉普索 (Calypso) 卻將奧德修斯扣留在她的島上作為
情人長達七年。天神對奧德修斯的喜愛無庸置疑，提出大方的
條件希望奧德修斯永遠留在她的身邊：她願意永保奧德修斯青
春不老。然而思念家人的奧德修斯斷然回絕天神開出的條件，
他當然知道卡莉普索的美貌遠非凡人所及，長生不老的誘惑也
難以抗拒，但長久以來支持著他度過戰亂與航海等重重考驗的，
是微薄平凡的願望：有朝一日能夠平安重返故鄉，在家人身邊
度過此生。

　　神話故事中對於青春美貌的追求，尤其是對於女性美貌的
歌詠，是否表示青春永駐對於女性是更為重要的話題？而男性
的角色，諸如提托諾斯得面臨老化萎縮的命運、阿基里斯在最
為意氣風發的年歲中遭人暗算驟逝、奧德修斯斷然拒絕青春永
駐的誘惑……這是否意味著男性對於追求青春永駐的需求並沒
有那麼熱衷？或是除了追求青春美貌之外，男性還有更值得追
求也更為重要的人生目標？這個提問可能發展成兩道不一樣的
命題，第一個問題的設定是：在許多遠大的人生目標中，會不
會青春永駐是屬於較低層次的自我實現需求，因此在人生願望

的排序上就顯得不那麼重要？如果依據這樣的說法，人生還有許多遠大的價值要實現，外在的青春俊美不值得戀棧執著，所以要超越表象價值的追求。與這個命題大相逕庭的設定是：美貌青春當然重要，也當然值得追求，但青春永駐與長生不老絕非可勉力強求之事，拘泥於此並沒有太大的意義。也因此，超越青春永駐的願望並非超然，而是一種務實面對人生的態度。

小　結

　　希臘羅馬時期是西方文明重要的起源，這個時期出現許多重要的哲學家，他們的討論遍及各種重要的議題，哲學家之間針鋒相對的辨證，也奠定西方文明對於相關議題的看法。此外，本時期的哲學訓練並不像人類進入現代化社會之後的專業分工，在訓練的過程中，往往同時接受哲學、醫學、工藝、科學、藝術等全方位的涵養訓練。也因此，有關人的青春與老化的相關議題往往多元並陳，不同的意見多方陳述，顯得相當熱鬧。有鑑於這個時期的哲學家與門派眾多，關於老化議題的討論也有許多不同發展，而對於老化的態度，也或多或少反映在不同哲理思考的路徑差異上。例如對於老年的看法，往往根植於對於身體的看法，以及良好生活的差異。不同的看法，反映出哲理思辨不同的原則與路徑。因此，本章節的討論自然不可能涵蓋所有重要的哲學家，這也不是本書撰述的目的。本書只能針對幾個重要且具代表性的思辨路徑略做陳述，在我們今日重新

思考這個議題的時候，作為重要的參考依據。

　　簡單地說，對於老年的看法不同，原因在於對於美好快樂人生的定義不同、對於人生追求目標與自我實現的排序不同。不同的老年觀，反映出不同的價值取向與決斷標準。

　　一直以來，荷馬的史詩被認為是西方文明重要的起源，也是公認的文學經典，影響非常深遠。荷馬的史詩建構一個神明與人類互存共生的世界觀，史詩中的神明往往與凡人一樣有著鮮明的情緒與性格，而人類短暫的生命稍縱即逝，英雄得要窮盡氣力發光發熱，才能成就動人的詩篇。或許，作為西方文明重要的起源，荷馬的史詩所傳遞最重要的訊息，就是人生的短暫與脆弱。諸神的永生不死，可以視為一種不求長進且任性妄為的因循怠惰。如果天生的缺陷並不足以影響生命品質與際遇，那麼天神在性格上的缺點就不需要改進，因為一來沒有改進的動機，二來也沒有改進的必要。如果天神可以無條件擁有從初始到終末的無限時間，那麼永恆的生命就不是神明爭取來的獎勵，而是一個無須檢驗也無從爭取的預設條件。就這個角度看來，永恆不僅是一種反動守舊，甚至是一種停滯不前、將生命視如無物的揮霍。相對之下，凡人的生命短暫，很快就會老化虛弱，沒有如同諸神無止盡的生命可用，無法鋪張虛度自己有限的生命，自然得要珍惜、善用所有時光。

　　希臘羅馬神話與《荷馬史詩》所傳達出來的積極生命觀，在於將凡人與神明放在同一個比較基礎上，神明的永恆在在提

醒人類生命的短暫，得要更加珍惜寶貴的青春歲月，才能活出精彩的人生。老化不是問題，也不應該成為人類的問題，因為在所有的英雄事蹟當中，老化與死亡都不足以阻擋英雄的決心。凡人的生命縱使無法成為永恆，但人類成就的功績卻足以代代相傳、永世不朽。

希臘羅馬神話點出積極的生命觀，正因為凡人生命稍縱即逝，更應該積極把握、創造生命的意義。也就是說，縱使凡人終將一死，但是面對生命尾聲的態度依舊可以積極主動介入、掌握，開創屬於自己的人生價值。而如此正向積極的態度，反映在看待與管理自身健康狀態的自主行動，這正是推動西方醫學與追求健康意識的重要起源。

第 2 章 / *Chapter 2*

養生與健康
——西方醫學起源的老化論述

　　活躍於西元前四百年的希波克拉底（Hippocrates，西元前 460–前 370 年），出生於希臘科斯島 (Kos)，家族承襲醫神廟的職位。希波克拉底終身習醫且將臨床診療病歷建立成系統化的知識，主張人體健康不單獨只是生理層面的問題，更需要採用全人醫療的角度來診斷與醫治。他四處遊歷行醫，累積大量臨床經驗，最後在雅典落腳專心著述，同時大量教授學生，建立起深厚的理論基礎與影響力。希波克拉底也將醫學自祭神崇拜與哲理辨證中分離，建立為獨立的學門，由於被認定為是奠定西方醫學基礎的重要關鍵人物，因此後世尊其為「西方醫學之父」。直至今日，希波克拉底所建立的全人醫療理念與醫病倫理，依舊深深地影響醫學教育的施行。

圖 2–1　希波克拉底

「希波克拉底」的醫療觀

由於年代久遠，現今流傳的希波克拉底生平事蹟已有許多無法考證之處。研究者多半認為希波克拉底是與蘇格拉底同時期的人物，在柏拉圖筆下曾記錄過他的事蹟，但也僅只如此。即便在希波克拉底活躍的年代，也沒有證據顯示他留下現存這些著作，甚至無法證明他本人是否曾發表著作。一般認為，希波克拉底綿延至今的影響力，源自於他過世之後一百年間，科西島醫師與醫學生紛紛將著作提獻致敬的結果。而現存的《希波克拉底文集》則是在西元三世紀時，由一群被稱為亞歷山大學派的學者們 (the Alexandrian scholars) 集結編輯而成，即便以當時的醫學知識來看，也並非原創之作。此外，《希波克拉底文集》涵蓋議題甚廣，不同段落的文筆風格差異也很大，因此醫學史界多半認為現存的希波克拉底著作並非同一人所著，而是世代相傳之下集結眾人智慧結晶的著作。也就是說，將希波克拉底的個人形象視為醫學起源，其象徵意義恐怕遠大於實質意涵。

儘管如此，《希波克拉底文集》奠定醫師專業倫理的基礎、強調醫學診療的專業精神、標舉醫師需具備的修養、以及醫師養成過程的嚴格訓練與操作，仍是無庸置疑的事。1948 年於瑞士召開的世界醫師大會通過《日內瓦宣言》決議，以及同時期聯合國大會通過保障人身安全的《世界人權宣言》，延伸至 1964 年通過的《赫爾辛基宣言》，都是當時代倡議醫學倫理的

重要宣誓。這些彰顯醫學倫理的重要里程碑，大抵上也都由〈希波克拉底誓詞〉發展而來。時至今日，醫學院許多科系的學生在結束實習課程後的授袍儀式中都會進行集體宣誓，乃至於透過大眾媒體傳播而口耳相傳的名言「先追求不傷身體」（"First, do no harm." 源於拉丁文 "Primum non nocere."），都將希波克拉底的個人形象視為兼具專業技術與人文關懷的象徵代表。現在看來，無論文集是否為希波克拉底一人親力親為，已經不那麼重要，而且也無損《希波克拉底文集》作為醫學倫理教育的經典地位。

就〈希波克拉底誓詞〉的內容看來，醫師在當時已經成為一個團體，有嚴謹的行業規範，包括學徒制度的建立、團體精神、職業理念等。我們甚至可以說：西方醫學建立的倫理關係與操作模式，源自於《希波克拉底文集》奠定的基礎，而現代醫學救人濟世的強大能力，也回頭強化希波克拉底作為西方醫學創始人的尊貴形象。或許將希波克拉底視為醫學發展的重要起點，不僅反映出民眾對於醫學的敬重景仰，也呈現出民眾在面對病難苦痛之際的無助與盼望。作為「西方醫學之父」，希波克拉底蓄鬍長袍的仁者形象，已經是集結民眾信仰託付的具體投射，也是脫離急難病痛的救贖希望。

希波克拉底另一句廣為傳頌的名言「人生短暫，藝術亙久」（"Art is long, life is short." 源於拉丁文 "Ars longa, vita brevis."）則是將人生的短暫與藝術的永恆做對比，目的在於點出生命的

脆弱與短暫，因此得要珍惜生命。從同一句話，也看得出來希波克拉底將醫學作為一門藝術的推崇：醫學不只是操作診療設備的方法，更是一門至高的藝術。「醫師是藝術的僕人」，既然醫學是一門藝術，對於完美境界的追求就不會有停止的時候。此外，「這門藝術有三個組成分子：疾病、病人與醫師」，作為一門多方參與的藝術，醫學並不是任憑醫師操作的獨門技術，而是必須憑藉來自醫師與病人之間的互信互賴，才能達到最好的療效。將醫學視為一種藝術，是《希波克拉底文集》反覆出現的重要理念。作為一種藝術，醫學存在許多主觀的判斷以及個別的差異，醫學不是複製貼上的樣版操作，也不是以量化評斷就能輕易處理的標準公式。藝術的偉大需要終生投入、代代相傳，方能累積些許成就。相較之下，生命短暫，個人的榮耀更為短暫，在偉大的藝術面前，醫師得要當個謙卑為懷的僕人。

除了以病人為本、謙虛為懷的倫理規範，希波克拉底最重要的貢獻之一，是建立影響後世深遠的體液論 (Humorism)。就現代醫學看來，希波克拉底對人體的認知與病症發展的過程有不少謬誤。儘管體液論的立論基礎早就被現代醫學所否定，但是體液論影響深遠，甚至擴及醫學以外的層面。

根據體液論的論點，人體由血液、黑膽汁、黃膽汁、黏液四種體液組成，體液之間達成平衡，以及身體與外在環境維持平衡，就能夠讓身體維持在健康的狀態；若體液之間失衡，特定的體液過多或是過少，則將導致疾病與不適。猶如季節更迭，

年紀的增長比對季節變化，也在體液的變化產生微妙的變化：童年時期猶如一年之春，血液最為旺盛，體質偏濕且熱；年輕人一如炎熱盛夏，黃膽汁旺盛，體質乾且熱；老年人猶如遲暮之秋，黑膽汁位居主導，體質轉為乾且寒；人生最後的衰老階段一如進入寒冬，黏液偏多，體質轉為濕且寒。就現今醫學的角度看來，在缺乏人體解剖研究基礎的情況下，體液論對身體機能的理解以及疾病與藥物分子的作用機制，存在許多無法突破的限制。

希波克拉底的體液論相當仰賴人與外在環境連結互動的理解，這樣對於人體與環境的理解方式，造就《希波克拉底文集》特有的健康觀，對於居住環境、空氣與水的品質、飲食作息、起居習慣等環節，有著極為敏銳細膩的關注。而關注人體與環

圖 2-2　體液論的組成與性質

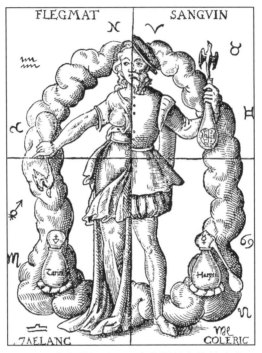

圖2-3 十六世紀時,一本有關煉金術的書中,仍可見到描述體液論與四大元素、黃道十二宮關係的插圖。

境的緊密互動,正好是養生論述最經常著墨的細節。也就是說,就臨床醫療而言,希波克拉底的理論現今看來並沒有多大的用處。然而,就養生保健的角度看來,希波克拉底對於取得人體與環境平衡近乎偏執的關注,正好是最有利於健康與長壽的必要條件。以此觀之,希波克拉底的論述也並非全然無用,儘管作為診療醫治工具的用途不大,但是就預防醫療的角度來說,

體液論建構的養生觀，事實上是相當積極正向的健康觀念。比起現代醫學的藥物發展與手術技術，希波克拉底強調的是疾病產生之前的預防，而非事後亡羊補牢，無論是醫療診治或是資源配置的使用，都更加有效率。儘管希波克拉底寫作的年代未必有當代社會的老年問題，但是就養生防老的角度來說，今日重讀《希波克拉底文集》，還是有極為正面的意義。

　　希波克拉底對於飲食的關注，從文集一開頭就顯露無遺，飲食為醫療的根本，是醫學之所以興起成為一門技藝的原因。希波克拉底在〈論古老的醫學〉(“On Ancient Medicine”) 提出，健康的身體與疾病的身體，對於飲食的要求是不同的，健康時候攝取的飲食，並不適合身體不舒服的時候攝取，現在採用的飲食組合與數量是歷經多年驗證的食物，如果貿然改變，恐怕將對身體造成疼痛、疾病甚至早夭的傷害。飲食對於人體健康至為重要，「如果生病的人跟健康的人吃了同樣的飲食都安全無恙，那麼我們也就不用吃藥了。」食物的軟硬溫度與溫潤程度等細微的差別，都會影響病人的狀態，而這些枝微末節的小事，正是考驗醫師醫術的大挑戰。

　　要求醫師進行縝密的觀察，目的在於及早發現細微的病灶。但是處理顯現於外的病症，並不是唯一也不是最重要的要求。病灶只是治療的開端，還得透過病灶的深入觀察，了解真正導致發病的原因。如果醫師不知道該如何抓住病症的關鍵，就只能被動地診治表象反覆出現的病症，而無法真正處理問題，當

然也就不能有效解除病人的痛苦。因此就希波克拉底的理念來說，病症只是線頭，還得要沿著線頭摸索牽引，揪出埋藏在後頭的病症源頭。而這些源頭，經常是破壞生理平衡的不良飲食作息與危害健康的環境因素。治療的手法，在於回復身體內部以及身體與外界的平衡。在現存文集當中，希波克拉底討論不同的疾病與病人狀態，特別強調觀察能力的訓練。〈預後篇〉("Prognostic") 列舉各種需要縝密觀察記錄的病症，從睡眠狀態、尿液顏色等細節診斷，並由觀察病症中研判未來的發展走向，提供病人作為參考，預測愈是精準，病人就有愈多的餘裕應變，帶給病人的幫助也就愈大。

希波克拉底提出追求平衡的理念，根本原理在於將人體運作類比為自然現象，「人體的性質與構造就跟大自然一樣」。在〈氣候水土篇〉("On Airs, Waters, Places") 當中強調，無論是個人要維持健康，或是醫師要診療病症，關鍵都在於找出人體與大自然之間細膩的平衡關係，並且得想辦法回復平衡：

> 任何人如果打算深入研究醫學，都要謹守下列規範：首先，要考量季節，每個季節都不一樣，而不同的季節對身體產生的變化也不一樣。接著考慮風，這又可分為熱風與冷風，這是所有地方都會有但也必然有所差異的地方。我們一定也得考慮水的因素，水的口感與重量都不一樣，水質之間的差異也很大。同樣地，初來乍到一個

新城市，一定要考量評估環境，要留意風勢走向與日出時間；這些條件會因為地處南北以及日落坐向的差異，而導致相當大的不同。這些都是最需要觀察與考量的條件，考量到住戶的飲用水，要注意水質是否源於沼澤，水質偏軟或偏硬，是否由高處流動或是源於岩石地勢，要考量是否過鹹或是否適合烹調。關於地質，也要考慮是否土壤裸露或是含水量不足，或是有樹林覆蓋水分充沛，是否地層空洞，活動受限，或是地勢高峻嚴寒；再來是居住的方式，觀察住民的喜愛，是否熱愛杯中物或是飲食過量，是否沉溺於食物的誘惑，是否喜愛運動與勞動，是否能夠抗拒過量飲食的誘惑。

　　具體的解決方式在於仔細觀察環境，並且善加利用環境條件，來做出對於生活作息最有利的選擇。飲用水影響身體健康甚鉅，不能夠直接從泥地上擷取，不能受到人類與動物排泄物的汙染，也不能夠是烈日下曝曬過度的水源。因此最適合的水源，是從山上等較高地勢取得的清澈水源，最好是夏日微熱而冬日冷冽的甘甜泉水。而如果水質有任何不尋常的異色、異味，就不能夠作為飲食烹煮之用。

　　《希波克拉底文集》建議的醫治方式講求溫和不傷身的原則，以病患的利益為唯一考量，不但不鼓勵過度積極介入治療，甚至認為採納溫和的飲食會比起驟然給予醫治來得有效。即便

面臨的是急性症狀，通常也是採用藥草或是運用泡澡、飲用發酵醋飲的方式，以促進排泄體內不良物質的目標，偶有採用灌腸、栓劑、放血的方式，同樣也是以清除不良物質為目標。搭配飲用乾淨水源、或是推薦的調製飲品（例如蜂蜜水、蜂蜜醋、葡萄酒、大麥粥、純果汁等）。謹守「藥性溫和」、「完美平衡」的原則，不冒進採用激烈的療法，也不貿然對病患嘗試實驗性的療法。如此的治療原則使得病患不論年齡與身體狀態都能夠普遍接受，無論是罹病的病患希望重拾健康，健康無恙的民眾需要保持健康，或是訓練中的運動員需要維持體能狀態，都可以透過這套理念尋求適合自己的療法。

《希波克拉底文集》中的年齡論述

　　《希波克拉底文集》廣泛討論各種生活與環境的衛生條件，也廣泛討論各種已知的疾病並提出對應之道，討論的疾病可能發生在所有人身上，而建議的診療方式也適用於所有人。值得注意的是，文集並未針對不同的年齡給予特定的專章討論，也就是說，儘管文集在討論各種疾病的時候會標示不同年齡層的症狀與對應策略，但並沒有針對年齡的區隔有差異化的處理：同樣的處方適用於所有年紀。就某個角度來說，當然可以解釋為醫師的討論以疾病分類而非年齡作為區隔，這可能是因為依靠飲食作息調整的自然療法，效力在所有對象身上沒有明顯的落差。但另外一個可能的原因，是希波克拉底時期的醫師，並

未對於老年有特別差異化的對待，這種接近一視同仁的處置方式，反映出平等對待的精神，年紀大未必就比較差，年輕力盛也未必就有優勢。希波克拉底對待老人的方式，可能更接近平等無偏見的理想狀態。

當然，公平對待反映在一視同仁的平等，不對特定身分冠上因循承襲的偏見，但也不是在醫療真相上粉飾太平。《希波克拉底文集》列舉多樣老人容易罹患的病症，就現在的醫療常識看來，這些觀察也都符合我們的生活經驗。例如〈預後篇〉直言老人罹患肺炎的死亡率，比起年輕人高出許多；〈營養篇〉("Nutriment") 闡述老人的生理構造、消化功能與年輕人不同，所需的營養分量也因此明顯不同，年輕人攝取養分用來成長，老年人則用來維生，所以準備給兒童、青壯年與老年的飲食就應當有所不同；〈論神聖的疾病〉("The Sacred Diseases") 提及，冬天是老人最大的敵人，稍有不慎便有中風的風險。又如在〈養生醫療篇〉("Regimen in Health") 當中提及，年紀不同，飲食的標準也要有所調整：年輕人性屬燥熱需多補充濕軟食材，而老年人偏濕寒，飲食方案宜以乾燥食材為主；或者，老人最能忍受禁食，再者為年輕人，兒童最無法忍受；又如，一般說來，老人罹患的病痛比起年輕人來得少，不過老人的病痛通常會一路伴隨著老人；而老人經常罹患呼吸道的疾病，呼吸困難、長年咳嗽伴隨著鼻喉部黏液過多、排尿困難、膝蓋疼痛、腎臟問題、暈眩、中風、四肢無力、導致體重減輕的癌症惡病質、視

力衰退、白內障、聽覺障礙等。生理條件不同，遵循的標準也不同，這是生理上的事實。《希波克拉底文集》忠實反映事實，以病患的利益為考量，盡量不帶入價值判斷與偏見。相反地，如果強行套上因襲成俗的意涵，這些意涵又剛好指向明確的譴責，這就涉及利用先入為主的觀念來落實偏見與歧視了。

所謂平等地呈現討論，並不是說刻意忽略生理上的差異，或是刻意粉飾太平而扭曲差異。平等呈現的意義在於公平看待不同發展階段下的生命，不因生理因素的差異而抱持偏見，也不得未經檢視就沿用現有存在的偏見。對於老人的偏見，普遍來自於將年齡光譜等同於生產力光譜，老人屬於不事生產的一方，因此也同屬社會上生理條件較為孱弱的一方，一如婦女、兒童。這樣的預設認知是，老年人生產力低落，身體條件也較弱，屬於社會上的弱勢，也需投注較多的照顧資源。放在醫療的標準上，就是認定老年人的生理條件較為弱勢，老年人的身心狀態必然較為羸弱，因此需要耗損較多的社會資源，也屬於難以驗證且先入為主的認知。然而，《希波克拉底文集》卻透過援引大量的醫療案例，打破老人即為弱勢、老年即為社會負擔的偏見。〈養生醫療篇〉當中提及，年輕人與老年人皆由水與火的元素構成，並無兩樣，老人體質較為濕寒，受到火氣消耗的影響，體內存有較多的濕氣，老人行動變緩、體溫降低，也是因為要減少耗損火氣。又例如〈論神聖的疾病〉提出，老人的脈搏空間較大，也充斥著較多的熱血，痰液就不會主宰病情發

展，因此較不會罹患癲癇症。〈氣候水土篇〉論述，年輕人在冬天較易罹患肺炎或是譫妄症，老年人因為消化器官變厚，反倒比較不容易發高燒。又例如，如果秋風旺盛，犬瘟疫通常就不會爆發，但若是爆發的話，女人與兒童較容易受到感染，而老人反倒是最不容易受到影響的族群。〈預後篇〉強調，耳朵急性疼痛且持續高燒是相當危險的症狀，容易陷入神智不清致死，年輕人很容易在病發七天後死亡，老年人對於發燒較能抵抗，耳朵也比較不容易發炎，因此死亡率反倒比年輕人來得低。

　　《希波克拉底文集》創作的年代，跟今日的社會環境有極大的差異。對於當代讀者來說，居住在水泥叢林裡頭，日常作息都在現代化的場域發生，日出日落、颱風下雨都有水泥磚牆屏蔽，飲用水來自方便的自來水，食物來自現代化物流配送，除非偶爾發生的意外狀況或是刻意為之，否則並不需要自行找尋飲水與食物。也就是說，除非是作為野外求生與搭營露宿的訓練，要不然希波克拉底這段文字所要傳達的訊息，對當代讀者來說，可能是相當突兀且沒有必要的知識。既然這番說詞對當代讀者已經沒有實用價值，而且也不見得受到現代醫學的理論支持，那麼，我們為什麼還要閱讀希波克拉底？對當代讀者而言，希波克拉底能夠帶來什麼樣的幫助呢？

　　對於《希波克拉底文集》呈現的觀點，以及集其大成的蓋倫（Claudius Galenus，129–約 216 年）來說，有許多理念與操作都是遵奉古老傳統的智慧，是這些文集很重要的理論基石。

這當然牽涉到一個簡單的提問：古老的智慧就一定正確嗎？古老的就一定比較好嗎？現代的技術發展，不正是挑戰突破古老的傳統嗎？為何反其道而行，回頭去閱讀這些過時的古老經典呢？我個人的理解是，對當代醫療來說，《希波克拉底文集》的貢獻，不在於提供專業醫學知識，而是在於提供一道重新思考人與環境關係的切入點。《希波克拉底文集》寫作的年代醫療物資不比當代，或許正足以理解在最單純的生活環境下，人體需要如何維持身體健康發展。對於現代人來說，或許回歸單純的生活環境，是最能夠顧及身心平衡發展的生活方式。

圖 2-4 十九世紀時作為藥局裝飾的希波克拉底（左）與蓋倫（右）畫像，瓦爾德米勒 (Ferdinand Georg Waldmüller) 繪，約 1826 年，私人收藏。

蓋倫的醫學理論

在希波克拉底之後，承襲其大成的醫學家是古羅馬名醫蓋倫。蓋倫出生於現今土耳其的貝爾加瑪 (Pergamos)，父親是名富裕的建築師，在有意栽培下，蓋倫學習醫術與哲學，並到各地遊歷旅行，擷取大量臨床經驗，最後在羅馬城落腳，成為達官顯貴爭相託付的名醫，也陸續為幾位羅馬皇帝問診。

《希波克拉底文集》建立的醫學理論，之所以具有這麼悠久的影響力，蓋倫的宣揚與實踐居功厥偉。蓋倫除了醫師之外，也有哲學家的身分，在蓋倫有系統、有目的地拓展之下，希波克拉底的學說更為發揚光大，也將醫學建立為一門系統分明、操作嚴明的學門。《人體各部位的作用》 (*On the Usefulness of the Parts of the Body*) 是蓋倫最重要的著作，長達十七卷，內容謹守希波克拉底強調的細心診療與觀察，精心建立一套完整的醫學理論，深深影響後世的病理學、解剖學、生理學、藥理學等。蓋倫最廣為宣揚的理念，是強調維持四種體液平衡的醫療觀，這套理論持續影響西方醫學論述長達 1300 年，直到十六世紀才遭到有解剖學之父之稱的維薩里斯 (Andreas Vesalius) 挑戰並修正。但儘管如此，直至今日，許多被普遍接受的養生醫療觀當中，還是很容易看到蓋倫遺留下來的影響。

與希波克拉底以及許多希臘羅馬哲學家一樣，蓋倫受到的訓練是全面式的廣泛訓練，除了醫療技術方面的磨練，也專注

在哲學思考的磨練。蓋倫除了大量的醫學著作，他的短文〈最好的醫生也是哲學家〉（"The Best Physician Is Also a Philosopher"）指出，醫者需要鑽研三項哲學訓練，分別是邏輯、物理與倫理：邏輯是訓練思考的科學；物理是理解自然萬物的科學；倫理是抉擇判斷的科學。此外，蓋倫也是使用語言的天才，他撰述時使用的文字是古雅典文，用字嚴謹精準。這些均足以證明在古希臘羅馬的醫學訓練當中，不但對待病人採用全人醫療的醫療觀，連訓練醫師的過程，也相當重視全人養成的涵養。

蓋倫的影響力之所以異常地維持久遠，並不是因為他建立無法顛覆的真理。事實上，儘管蓋倫的理論有許多啟發性的概念，後世的醫生卻也證明其中有許多謬誤，不過這並未影響他的名聲。蓋倫的理論之所以長久未受到挑戰，與當時的社會環境有關。受到基督教信仰以及政府規定的關係，醫學的教學禁止解剖人體，既然人體不能解剖，就只好把腦筋動到動物上，藉由觀察活體動物的解剖，對比投射到人體功能上。例如人體的臟器運作在當時是無解的秘密，透過解剖牛隻觀察脾臟的運作，由脾臟的分泌量與顏色變化，判斷脾臟是否有發炎、產生硬塊與功能耗損等病變。而這些從動物身上觀察出來的疾病，就成了診療人體的重要依據。

這樣的認知當然存在許多錯誤，不過蓋倫在世時以及在他過世之後很長一段時間，醫學界無法進行人體解剖研究教學，

也無從證明蓋倫的錯誤，以致於蓋倫鼓吹的療法一直在十六世紀之前都是主流的醫療方法。然而，現在重新閱讀蓋倫，重點不在於挑出他當初犯了多少錯誤，點出有關血液循環的概念錯在何處。以今非古，除了顯示當代醫學的優越之外，並沒有真正幫助我們從古人的智慧中學習，當然也更不可能幫助我們看清自己的盲點。現在重新閱讀蓋倫，我們理解到，科技與技術是我們觀看自身與周遭世界的媒介，不同的技術，會讓我們看到不同的世界，擁有不同的世界觀。我們或許會覺得，技術等級愈難，科技層次愈高，我們就會看得更深入且更細微，不過，有時候技術反而侷限了我們的想像，蒙蔽了我們的視野，讓我們只看到我們想看的，卻忽略簡單清楚的道理。重新閱讀蓋倫，以不同的技術層次來思考，或許是開啟我們重新學習並反思的契機。

蓋倫筆下的老年

　　跟希波克拉底一樣，蓋倫並沒有單獨針對老年規劃專章，但是有不少有關養生與老化精彩的討論，對於老化的議題也算得上有持續一致的關懷以及觀察洞見。在〈論藝術的研究〉("An Exhortation to Study the Arts") 一文中，相對於歷來文學創作對於青春美貌的歌頌，蓋倫反倒對於青春美貌的外表提出他的呼籲。蓋倫認為，令人心曠神怡的美貌當然引人注意，但過度的美貌卻可能有礙身心正常發展：「對於年輕美貌的過度關

注，反倒忽略對於靈魂的關照」。甚至在很多時候，「超過一般標準甚多的美貌是不安全的」。根據蓋倫的說法，年輕壯盛的美貌正如春天花開一般稍縱即逝，這樣的歡愉是相當短暫的。因此，與其追求眼睛的歡樂，倒不如追求心靈上的美好。蓋倫不只一次使用籌備冬衣的比喻來形容面對老年的態度，「每個人都應該好好準備迎接晚年，猶如準備應付寒冬一樣謹慎，把衣服鞋子穿好，找好庇護，做好所有的準備。跟好舵手一樣，面對即將到來的壞天氣，做好預備。」自然是偉大的造物者，正如人類社會中的紡織工或是鞋匠一樣，把衣服織好、把鞋做好，免得受到老鼠啃咬或其他外在的惡意侵擾。蓋倫並非貶抑青春的美好，而是提醒內在與外在同樣需要費心經營，有多麼努力經營外在容貌的美好，就應該拿出同樣的努力追求心靈上的美好。蓋倫的立場相當明顯，無論再怎麼美好的青春，都只是人生狀態的其中一種，身體的變化不斷進行，即便是運動員的身體，也不可能永遠都維持在頂峰的狀態。相反地，「一旦身體成長到最高峰的狀態，接下來就是開始要面對逐步下滑的斜坡了。」做好準備的方法，則是學習以理性為運作基礎的高等藝術能力，像是醫學、藝術、音樂、修辭、數學、天文等技能，這些都是不會隨著體力消退而流失的技藝。

　　蓋倫可能是在現存醫學典籍當中，最早討論到失智症的一位。在蓋倫的體液論架構下，年少到年老的體液變化顯著，人體在年少時期的體質偏濕且偏熱，進入青春期轉為偏乾且偏熱，

步入年老之後體質又會轉為偏乾且偏寒，衰老之際又將轉為濕冷體質。蓋倫認為，體質轉而為乾是助長智慧的重要條件，一如天上的星星轉為明亮乾燥的狀態，就是最具智慧的象徵。然而，既是如此，人老了之後體質轉而為乾，也因此達到智慧的高峰，那為何有些老人卻失去智慧而顯得顢頇愚笨呢？蓋倫認為，這當中的關鍵並不是轉而為乾，而是偏寒的緣故，體質一旦轉寒，心智的活動將會大大受到影響。蓋倫所說的老年失去智慧的症狀，以現今的觀點看來，應該就是困擾當代醫學甚久的失智症。智慧情感的認知與運作，正仰賴體內錯綜複雜的平衡狀態，老年時期的失衡，很可能就是長期忽略造成氣血流失的後果。在這個前提下，蓋倫建議老年可以適量地飲用葡萄酒。正當三十歲的年輕人得迴避飲酒，老年人剛好相反，適量的飲酒可祛寒，使得身體回暖，因此有助於身體狀態的穩定平衡。

　　蓋倫推論，老年是人體最為枯乾與寒冷的階段，血氣流失，不只光從碰觸肢體就可以感覺到體溫下降，隨著老化體質偏乾與偏寒，身體循環、造血功能、消化系統、養分攝取等維繫人體正常運作的功能都會受到影響。一如死亡是體溫血氣流失最為徹底的狀態，老年即將邁向死亡，體內的溫度也正逐步流失。蓋倫倡議可以從飲食調養著手。蓋倫的重要著作《論自然力》(*On the Natural Faculties*)，遵循希波克拉底「回歸自然」的古訓，強調人體與自然界取得平衡，是唯一保持身心健康的方法。這套論述強調人體天生就有修復能力，只要讓身體正常運作，

排除阻礙健康的因素，就能夠回復平衡的健康狀態。此外，蓋倫將人體視為一個整體，身體各部位的器官都是這個整體的一部分，彼此緊密連結互動，因此生病的時候不能只診斷單一部位或是器官，而是得要細心找出病灶與整體系統的連結關聯。與其說蓋倫倡議的是一種醫療技術，倒不如說是一種生命觀、世界觀、價值觀，是一種強調自我察覺並求取平衡的養生之術，也是一種謙沖為懷、友善環境的處世智慧。這套價值著重人與環境的平衡，也著重人體內部的平衡，求取中庸均衡，不僭越、不過量，隨時保持自我察覺的狀態。這套論述看似了無新意，不過，這卻是當代人在瑣碎化、專業化的後工業社會最欠缺的。也就是說，這套主導西方世界長達千餘年的醫療養生觀，可能點出當代醫療的困境。預防重於治療，養生優於醫藥，著重全面的互動連結而非單一病灶的症狀，體認環境衛生對人體健康的衝擊，進而對環境懷抱尊重，對無法理解的人體運作抱持謙卑。蓋倫學說的價值在於，預防與養生的觀念一旦落實，將可免去龐大醫療資源的耗損。

　　蓋倫另一個重大的貢獻，是研究飲食具有的養分與療癒功效，並進行有系統的論述。蓋倫最主要的理論依據，是延續身體四種體液平衡的立論基礎，透過飲食調養保持體液的平衡，避免錯誤的飲食與生活習慣，也可以確保身體回復健康狀態。例如，大吃大喝會誘發痰液的分泌，而這將會影響消化功能的正常運作。此外，人的身體狀態是個不斷變化的動態平衡，年

少時的身體體質與年老之際截然不同，因此需要的養生處方也
會不同。依據這個立論，良醫的工作不只是檢視病人的疾患病
痛，還要能夠細膩謹慎地察覺病人的生活習慣，更要能清楚掌
握食物的特性，掌握食物在不同年齡的人身上產生的細微差異
變化。良醫不只要博學謹慎，而且謙虛傾聽，尊重差異。

小　結

　　創立理論基礎，並從此影響一千多年的臨床醫學，希波克
拉底與蓋倫，堪稱是撐起西方醫學的兩大支柱。無論是知名度
或實質影響的程度，兩人已經是西方醫學起源的代名詞。在醫
學技術有限、資源分配不均的情況下，兩人所倡議身心與自然
求取平衡的養生觀，留意生活環境中攸關飲食作息的要素，即
便是在現代醫藥發達的年代，這樣的預防醫學概念依舊是相當
受用的。

　　值得留意的是，在西方醫學肇建之時，於希波克拉底與蓋
倫筆下，老年的身體與心理狀態未必等同於弱化、負擔、敗壞
的形象。當代醫療雖然有效延長人類壽命，但在醫療體系下的
老年屢屢被視為累贅與浪費，恐怕並非對待老化最友善且公平
的態度。至少就西方醫學的起源點來檢視的話，我們得到的老
年觀應該是相對寬容、尊重且多元的論點。而這樣的老化觀點，
也影響了下一個章節所要討論的希臘羅馬哲學思辨的方向。

　　希波克拉底與蓋倫建立的西方醫學理論，與現在的臨床醫

學現況有段不小的差距。當然技術的進步，已經大大改寫診療與醫治的方法，不過對於當代讀者而言，重視養生作息以及與環境求取平衡的觀念，依舊是追求健康生活不變的方法。這當中的關鍵，不在於技術的精進，而在於價值的建立、思考的角度，以及追求的目標與方向，簡單地說，希波克拉底與蓋倫建立的，是一套在環境當中尋求自己位置的思考模式。這一套內省的思考模式，不僅懸壺濟世的醫者需要省思，在哲學的辨證中也可找到相對應的討論。

成功的老化
——希臘羅馬哲學家的老化哲思辨證

　　如果說流傳久遠的神話故事及史詩是西方世界重要的文化底蘊，那麼希臘羅馬的哲學思辨，便是一道繁複的思考架構。一道道的哲學命題，不只告訴人們「老」是怎麼一回事，更啟發人們該用什麼角度與方法，來反覆思索辨證「老」對於人類的生命價值。

　　簡單地說，老是一道哲學命題。老是日復一日的日常生活，可以很困難但也很簡單。老是什麼意思？該如何定義老？該如何面對老？老如果沒有辦法迴避，可不可以經營？哲學家們腦海中的老，跟我們生活日常的老，有沒有不一樣？除了孤單與病痛，老有沒有不一樣的面向？書寫老年，有沒有不同於保守反動、自私貪得的刻板書寫慣性？我們該如何面對老？希臘羅馬的哲學家們，或許已經展現相當豐富與活絡的討論能量。

蘇格拉底與柏拉圖：追求美好生命

　　蘇格拉底（Socrates，西元前 470–前 399 年）與柏拉圖

（Plato，西元前 429–前 347 年）對於老人與老化有相當多正面的書寫，這可能與柏拉圖以對話錄形式保留許多相關紀錄有關。蘇格拉底本人並無著作，現存蘇格拉底的著作，是由柏拉圖以學生及隨從的身分在旁記錄而成，而柏拉圖本人的著作也多以對話錄的形式留存。在《對話錄》當中參與討論者有著不同的背景與價值觀，各自的論點也有精彩交鋒與細膩差異，但不論論點為何，參與討論者的發言權都受到平等尊重，不因身分不同而有差別對待。《對話錄》當中有不少篇章是記錄蘇格拉底遭囚禁之後的對話，當時蘇格拉底已經邁入老年，當他遭判死刑執行的時候，年紀約莫 71 歲。除了蘇格拉底之外，在參與對話的討論者當中，有不少就是符合當代定義的老人。柏拉圖同樣也是長壽的哲學家，在他 82 歲的生命當中，經由遊歷與辨證中創作大量的作品，這些對話記錄的對象亦有不少老人，雖然並沒有直接討論老化的專章，但是在討論倫理、美學、政治等議題之外，更重要的是探究何謂「美德」與「生命」，而這些議題的討論，都是建立在「何謂美好生命」的哲學辨證上。蘇格拉底與柏拉圖沒有直接討論理想老年的定義，然而美好的老年也是美好生命的重要環節之一，在討論中經常是隱含的議題。簡單地說，兩人最重要的提問是：美好完整的生命該是什麼樣貌？

對於蘇格拉底來說，生命的目的在於追求美德 (virtue)，人最好的生活方式，不在於追求形式上的優越與物質上的富裕，而是在於發展自己的本能。蘇格拉底自詡為「心靈的助產士」，

圖 3-1 「蘇格拉底之死」 賈克－路易‧大衛 (Jacques-Louis David) 繪，1787 年，美國大都會藝術博物館 (Metropolitan Museum of Art) 收藏。

在討論中將心靈的疾病認定是最為棘手的疾病，也因此引用醫師的形象與助產士的隱喻，目的在於藉由辨證引出正確的哲學思想。而柏拉圖儘管是蘇格拉底的學生，對老師的理論架構卻未必完全同意，蘇格拉底相信由經驗觀察累積而來的知識，採取經驗主義的路徑；柏拉圖則採品德為智慧形式的先驗認定。

從《對話錄》的討論來看，美好的生命有哪些必要的條件？無論就經驗實證或是形式設定的標準，美好的生活必然是快樂喜悅的生活。就經驗來說，快樂是一種感受，做了某些事情感覺到快樂，這種快樂的感覺讓我們覺得生命很美好，也因此讓

我們更想要努力擁有快樂的人生。不過，追求快樂美好的事物應該是普世認同的價值，因此接下來的討論議題在於：什麼樣的生活方式才能獲得美好生活？此外，快樂的定義因人而異，不同的快樂標準取決於不同的價值與生命經驗（「吃牛排」跟「吃滷肉飯」何者比較快樂？），快樂程度也因社會網絡中的相對關係而有所差異（「富翁吃滷肉飯」跟「窮人吃牛排」兩者的快樂程度一樣嗎？），因此快樂的標準必然因人而異。究竟，關於美好與快樂的人生，有沒有大家都能夠接受的普世標準呢？

　　快樂是抽象的情緒感受，難以用具體量化的刻度測量。快樂是同時面對外在與內在的審視，既衡量外在事物的美好，也評估內在的生命經驗，但是很難在內外之間清楚劃分。根據亞歷桑那大學哲學系教授丹尼・羅素 (Daniel Russell) 的研究，柏拉圖認為快樂是有條件的善 (conditional good)，而何謂良善，則取決於社會上的實證經驗以及美德價值的標準。因此真正的快樂，在於能夠辨識有條件與無條件的差異，並抗拒外在添加的誘因，然後真正地從無條件的良善中獲得，柏拉圖將之認定為「智慧」。相對之下，縱情享樂是一種附屬添加的快樂，是一種有條件的快樂形式，因此得要謹慎提防甚至抗拒。在人生中值得追求的，是蘊含智慧的美德，具有智慧的人會以更睿智的方式過生活，當然也會在日常生活中落實各種美德。

　　在〈高爾吉亞篇〉("Gorgias") 當中，高爾吉亞提出快樂人生必要的幾項條件：受過教育、言行優雅細膩且具有政治權力

或是影響力。蘇格拉底如此回應：對於一個善於修辭的人來說，修辭是一項巨大的優勢，不過僅在善用修辭來建構良好的道德規範時才受用。依循著修辭所規範的道德標準，才能夠使人成為一個正直良善的好人。也就是說，修辭之所以能夠成為形塑道德的偉大工具，是因為背後有道德尺度的規範。依照這個標準，不依循道德尺度且不受約束的快樂，就不會是無條件的快樂，也不會是值得追求的快樂。蘇格拉底的討論模式，無疑是將快樂區隔為兩種形式的快樂：耽溺於享樂的快樂，還有無條件的快樂。這樣的標準衍生出一連串的對比：健康與良善，相對於疾病與衝突，兩邊互不相容、互相排斥，開啟了一套快樂與不快樂的對立屬性。蘇格拉底的討論相當仰賴二元對立的架構，健康與病痛無法共存，有了健康就不會有病痛。同樣地，快樂並不是能夠同時跨越框架兩邊的概念，快樂與不快樂無法並存，不存在同時包含兩邊的混沌狀態，一如健康與病痛不會同時存在，病痛纏身就不可能享有健康。蘇格拉底認為「單純追求『享樂』的快樂」不該是人生的目標，享樂不是快樂，享樂也無法導向快樂的人生。這當中的重要關鍵，就是智慧、理性與自我節制。以智慧為思考基礎，理性為行為準則，自我節制為實踐的檢核標準，就是追求快樂人生的準則：

> 不同的美德所對應連結的事情看來很不相同，但就本質上是一樣的，也得要用合適的行動標準，結果就是自我

> 節制。就我看來是如此，我也深信如此。如果真為如此，任何想要快樂的人，不但需要追求快樂，也要落實自我克制，並且要能夠盡力遠離各種自我沉溺的享樂。

對蘇格拉底或是柏拉圖而言，快樂人生包含人生當中的每個階段，老年當然也不例外。甚至對於老年而言，免除病痛苦難的快樂人生，標準恐怕更高，也更難追求。不過這樣的追求是有回饋的，在追求快樂的過程當中，會為人生帶來更多良善的價值，帶來的正向改變會是全面性的提升，也會使人更接近真正的快樂。一連串的正向作用拉抬下，自然就容易導向快樂的老年。相反地，沉溺式的享樂不但不是無條件的快樂，無法帶起正向的良善循環，也不值得有智慧、有理性的人追求，自然無法邁向快樂的老年。

西賽羅：如何面對老化的必然性

西賽羅（Marcus Tullius Cicero, 西元前 106–前 43 年），同時具有政治家、律師、學者、哲學家的多重身分，著作涵蓋的範圍遍及哲學、演說、修辭、政治，被視為羅馬重要的哲學家與演說家，論述議題多受推崇，且寫作的風格蔚為風潮。一般認為西賽羅尊奉享樂主義 (Hellenism) 的思潮，受到蘇格拉底的影響，認為達成當下滿足是重要的生活經驗，身體的快樂是人生當中最重要的快樂來源；痛苦則是莫大的邪惡，因為人類只

了解自己當下所體驗、經歷的感官感受，
而無從得知事實的真相。因此，享受當
下的樂趣，成為人生中最終也最重要的
目標。但這並不意味著西賽羅支持單純
追尋歡樂，卻無視沉浸於享樂中所帶來
的傷害，最高的快樂並不在於一味地濫
用或耽溺其中，而是在一定程度上進行
控制，以獲得更大、更多且更長久的快
樂。也就是說，最大的快樂未必發生在
當下，並非在年少時透支各種肉體上的

圖 3–2　年約 60 歲時的
西賽羅雕像

歡愉，而是從年少到年老都始終保有身體上快樂的權益，追求
長久且持續的快樂，將享受快樂的年限盡量推展延伸，才能將
歡樂帶來的效益最大化。

　　西賽羅提出批評，「世人皆希望長壽，但是一旦步入老年，
卻又到處埋怨，世人就是如此愚蠢矛盾」。也就是說，「預先將
樹木種好，將來才能派上用場」。老年不是在步入老年之後才開
始，歡樂的老年，應該從年少的時候打好基礎，「老年的基礎，
就建立在年輕歲月之上」。西賽羅的建議是，老年之所以值得尊
敬，不是因為你的白頭髮，而是因為從年輕以來一路累積的成
果。也就是說，成功且值得尊敬的老年是需要預先做好準備的：

　　　老年有其獨特之處，是需要預作準備的，也就是說，學

習有智慧、有節制的生活，並且付諸實現。如果你在人生的每一個階段都能夠培養這些特質，當你老了之後，你就可以歡慶收割，不只在人生的最後階段結出豐饒的果實，這是我們討論的重點，而且你也體認到，你已經不虛此生，一生中的善行義舉帶來許多歡樂的回憶，對此你將心滿意足。

依循這樣的思考脈絡看來，西賽羅對於追求快樂老年的見解，建立在生理機能必將逐漸老化衰退的不變法則之上，所以考量的重點不在於躲避或延緩老化，而是要思考如何在逐漸老化的過程中做好準備，甚至在老化來臨前就預作規劃，方能獲取最大的快樂。面對老年，我們不必懼怕、更無須迴避，而是應該認識老年，從而擁抱老年，方能歡度老年。在年輕的時候就做好準備，才能夠將老年活得徹底盡興，並從老年的生命階段獲得最大的效益。

對於西賽羅而言，年老與年少並非對立衝突的生理狀態，不應具有一成不變的刻板印象，因為老年是可以預做準備的：

> 我說，並不是這樣的！老年可以是愉悅，而不是負擔。正如智者享受性格良善的年輕人陪伴，跟年輕人的互動感受到榮譽與熱情，老年可以因此變得輕鬆。如此一來，年輕人從老人身上獲得指導，兩邊都可以過著更有良善

品德的人生。……老年可以不是虛弱遲緩，也可以保持
活躍，可以專注投入，照樣可以追逐實踐早年的夢想，
正因如此，永遠都不應該停止學習。

在所有準備迎接老年的努力當中，藉由閱讀與思考來鍛鍊
心志、培養獨立的人格，便是西賽羅大力推崇的方法。光是賴
在椅子上讀書思考，就可以產生超越當下格局的想法，具有旺
盛活力的人生便由此而來，「如果總是專注於閱讀與活動，即便
老之將至也不會察覺」。無論年紀多大，都可以透過閱讀與思考
獲得寶貴的資產，培養出崇高的智慧、良善的性格以及冷靜的
判斷。

西賽羅念茲在茲的，是如何在年輕時就養成節約克制的生
活習慣，培養分析思考的能力，養成冷靜果決的判斷，進而杜
絕有害身心的種種惡習。如西賽羅再三強調，「年少時養成運動
與自我克制的習慣，這將可以保留活力，直到老了之後都還很
夠用。」關鍵在於，如果在年少時準備就緒，養成得當，累積
足夠終生享樂的本錢，老年可以是一段盡情享樂的歲月。但即
便如此，節約緊縮也應該適度合宜，「老年勵行節制緊縮是對
的，但跟所有事情一樣，都得要適度中庸，小氣刻薄可從來都
不是美德。」

相對地，一般人經常會將老年視為悲慘的源頭，原因可能
有四個：第一，老年使得我們遠離活躍的生活；第二，老年使

得身體耗損虛弱；第三，老年剝奪所有感官享有的歡樂；第四，老年距離死期已不遠矣。然而，根據西賽羅的論證，老年之所以得要經常承受種種磨難，承受伴隨而來的疾病與貧窮等問題，本質上是年輕時豢養出來的惡習，到老年的時候全都變本加厲一併承受，不應該是怪罪、譴責老年的原因。西賽羅的論證依據是，「如果老年是個問題，那麼困擾我的病痛，也同樣會降臨在所有的老年人身上。」但問題是，並非所有老年人都在病痛纏身中度過，有的人有，有的人沒有，如此就不合乎於一致適用且反覆驗證的邏輯。就實證經驗看來，「老年人也可以理性縝密、情緒穩定且舉止優雅，這樣的老人都能夠從容面對老年。而那些情緒低落且浮動暴躁的人，不管在人生的哪一個階段都不會高興。」簡單地說，「關鍵在於性格，並非所有人都像酒一樣，放愈久愈香。」老年之所以成為問題，是性格所造成。性格一旦有問題，問題會在人生各個階段浮現，不會專屬於老年；而個性上的缺陷，可不會因為年紀增長就自動變好。一如西賽羅所說，「傻瓜才會將所有的問題跟缺點全都怪罪到老年頭上。」

西賽羅所構築的老年群像是相當多元繁複的，「用來描述老年沒有既定不變的詞彙。」如西賽羅所言，老年所連結的未必全是負面的特質，「老年可以是歡樂而不是負擔。」老人並非一無是處，也不是社會的負擔，老人的智慧與經驗可以提供晚輩參考，具有豐富的學習價值。老年也不單純是用數字就得以量

化計算的概念,「年輕人可以擁有老成的想法,老年人也可以保有年輕的活力,人可以在身體上變老,但卻可能在精神上永保不老。」此外,生命的時間觀也未必呈現線性發展,「老年沒有制式的定義,只要人活著還能夠善盡自己的責任義務,死亡就不足畏懼。就這個層面的意義來說,老年可能比年輕人還要有精神、也來得更有勇氣。」不得不說,西賽羅對於老年的論點是相當前衛有遠見的,老年的狀態並非絕對而是相對,時間的流逝除了有客觀的量化標準得以衡量,也受到主觀感受的影響,「當我們專注投入閱讀或是生活中任何活動的時候,是不會感受到老年已經悄悄地爬到他身上。」此外,西賽羅也倡議,所有人都是生命與身體的過客,我們都是來來去去,暫時使用肉身的客人,「自然賜予我們身體居住,但我們都是過客,不能夠把身體當成家。」

　　對於西賽羅來說,歡度老年的第一步,就是面對老年,重新認識老年是人生中一個重要且不同於以往的人生階段。老年是生命延續發展的必然階段,但這不表示我們要沿用年少時的標準來衡量老年 ,「我們得以符合自己年紀與氣力的方式來處事」。年紀不同,身體條件不同,自然不能相提並論。西賽羅以演說為例,演說者的年紀愈大,演說的效果確實不如以往,因為演說技巧仰賴肺活量與體力。但是年紀的增長卻也讓聲音更為響亮、更加悅耳。人生的歷程一如歲月無法逆轉,自然界的週期是一條無法回頭的單行道。只不過,不同的生命階段有不

同的特質，沒有哪一個階段比較好的問題，有的只是哪一個比較適合當下的需求與期待。強行採用單一標準來衡量人生，未必就是好事。這跟「水果要當令採收」的道理一樣，審時度勢、順勢而為，或許才是比較符合自然法則的做法：「人年紀大了，不能老是想要吃大餐，不能老是將餐桌高高堆滿食物，也不可以喝酒一杯接著一杯灌，老了確實也比較不容易醉，不過卻容易消化不良，也沒辦法整晚通宵熬夜。」老年未必比較差，只是變得跟以前不一樣了。

面對生理機能的老化，西賽羅大力鼓吹農事耕作是最適合老年的活動。「農作的樂趣不會因為年齡老去而受到絲毫影響，在我看來，是最適合智者的活動。」「農耕就像是跟大地開設了一個帳戶，農地從來不會拒絕我們提領，我們也總能夠獲得利息。讓我感到快樂的地方，不只是土地上的收穫，還感受到土地與自然的力量。」也因此，鮮少有人可以過得比農夫更快樂，因為農夫耕作養活土地上的所有人，生產作物使大家過著富足的生活，維繫人類的發展，耕作的人自身也因此保有青春活力。西賽羅在文中列舉幾位長壽名人，這些人直至百歲都還能夠在田裡耕作。

所謂年老力衰、齒搖髮枯等特質，之所以顯得負面，是因為建立在年輕力盛的比較基礎上，而不是單純檢視體認，將老年視為一個獨特無可取代且應該珍惜的人生階段，一如童年、青少年、青壯年一般珍貴。老年必定跟生命中的任何一個階段

都不一樣，但「不一樣」不一定代表不好，而是此階段具有不同的特質，需要不同的標準來看待。此外，一再沿用年少的標準來衡量老年，其實也意味著對於年少時光的依戀。但是時光流逝無法回復，沉浸在懷舊的情緒中於事無補，且有害身心健康；一再依戀過往的處事作風，也代表著依賴已經不存在的條件不斷地與過去對抗，而不是順勢而為找尋一套順應生理發展的方法。此舉長期將自己放在負面條件下對比，也將自我認同沾染上負面效應。

　　西賽羅提供的寶貴建議是，「抗拒自然就像跟諸神宣戰一樣，終將徒勞無功。」依順生理發展的腳步重新調整，體認老年與不同生命階段的差異，方能接納老年、享受老年。西賽羅列舉的比喻相當清楚易懂，「要拆掉新蓋的房子很難，不過拆掉老房子卻很容易。」唯獨接受限制，方能與限制共存，從中找尋到適合自己的步調，並且重新肯定自我價值，「老年不只可以不是負擔，甚至可以相當享受。」與青春年少相比，老年未必就要落居下風，老年有值得肯定的部分，當然也有提供年輕人學習觀摩之處。然而，人生終究有終點，節制有度、適可而止是西賽羅一致的原則，不只年少的時候如此，面對老年也同樣如此。根據西賽羅的說法，「老年是人生這齣戲的最後一幕。我們玩夠了，也累了，就是該走的時候了。」死亡並不足畏懼，死亡可以是人生劇場的終結，可以是一種回歸，也可以是另一種開端，未必一定以實體的形式存在。如果能夠看清這一點，

由老年迎向死亡，也有如從舞臺走下臺階的過程；相反的，如果一昧躲避抗拒，不但荒謬愚蠢且於事無補，反倒因此虛擲寶貴的生命歲月。

塞內卡：掌握有限的人生

除了西賽羅之外，在古羅馬時期，另一位討論老年的重要哲學家是塞內卡（Lucius Annaeus Seneca，西元前 4–65 年）。相對於尊奉享樂主義的西賽羅，塞內卡被視為是屬於推崇自然且愛人如己的斯多噶學派 (Stoics)，認為人、自然與神祇共同組成一個世界，人是這個一元世界的一分子，受理性支配，順應自然的法則生存，依照自然而活。也因此，斯多噶學派強調節制與理性的美德，對自己的幸福與社會的公平正義，有責任直接承擔，擁有這樣的美德，就可以獲得快樂與自由。塞內卡是斯多噶學派的代表人物，與許多古羅馬哲學家一樣多才，同時具有政治家、劇作家、哲學家的身分。塞內卡家學淵源，父親是知名的劇作家、修辭家，兄長更曾擔任羅馬行省總督，塞內卡本人則是擔任羅馬皇帝尼祿（Nero Claudius，37–68 年）的導師與顧問。只不過擔任尼祿的導師，也為塞內卡帶來災難。尼祿對外透過軍事與外交手段併吞其他國家，對內大力提倡競技，為了政治目的火燒羅馬城，甚至處決了自己的母親及養父的兒子，被認為是暴虐鋪張的暴君。塞內卡則是在尼祿的命令下，被以切開血管的方式處決身亡，時年 69 歲。

　　在塞內卡不算短暫的生命中，產出了大量且多元的作品，
這些著作以對話的方式進行，或書信往返、劇本創作，也有哲
學論證的文集。塞內卡的著作強調節制欲望與等候神的救贖，
影響了後來的基督教教義，因此一直廣受閱讀探討。在現存作
品中，塞內卡同樣沒有專門討論老年的著作，但對何謂理想生
活以及快樂人生有許多討論，尤其是他的作品《論生命之短暫》
(*On the Shortness of Life*)，對於老化的討論具有相當深遠的
啟示。

　　塞內卡開宗明義表示，人生的問題不在於生命短暫，而是
在這些寶貴的時光當中，大半的生命都被浪費了。這句話是對
著西方醫學之父希波克拉底說的，希波克拉底的名言「人生短

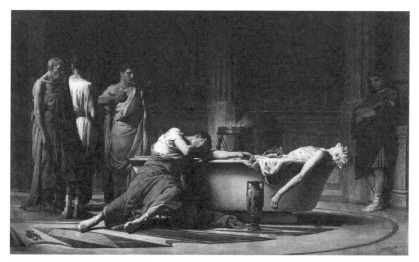

圖 3–3　　「塞內卡之死」　　曼努埃爾・桑切斯 (Manuel Domínguez Sánchez)
繪，1871 年，西班牙普拉多博物館 (The Prado Museum) 收藏。

暫，藝術亙久」意思是人生苦短，因此需要認真生活，將寶貴的生命用來追求崇高的目標。塞內卡的回應是：人生其實不算短，如果好好地活、認真地活，將生命充分的使用，人生其實是夠長的。因此，問題不在於生命的長度，而是使用生命的方式，「我們的生命不算短，是我們讓它變短了。」換個角度來說，「如果知道該怎麼使用的話，生命已經夠長了。」

　　最受到塞內卡嚴厲批評的，還是放縱於享樂的浪費，當中又以追尋酒精以及肉欲的享樂最為空虛且無意義。縱身聲色犬馬的享受，往往只流於討好別人或接受他人奉承，花費的時間過多，且投入的物資、金錢更是驚人，然而目的卻只是換來虛妄的榮耀。等待一切繁華過境，人變得更為迷惘，而心智專注受到掏空侵占，就更容易忘掉真正重要的事情了。不過這種明顯的浪費生命，並不是塞內卡討論的重點，他所專注論述的，是自以為將日子安排得很充實，終日庸庸碌碌不得閒，到頭來卻仍是浪費生命的生活模式。

　　人們如果將時間用來追逐虛華奢侈的生活目標，或從事沒有意義的行為，都是嚴重的浪費。塞內卡認為，多數的人在一生當中，「只有短暫的時間曾經好好生活，剩下的不是在生活，只是在度日子而已。」問題的根本，在於人類的理智往往受到蒙蔽，也容易被眼前片面短暫的假象所誤導，而忘了真正該致力的事情。生命短暫，人們卻似乎以獲得永生的方式在過日子，而且在面對不同的對象時，對自己的生命產生差別及矛盾的態

度:「人們面對恐懼的時候,行為舉措像是終有一死,可是面對欲望的時候,卻又像是永生不滅。」這樣的差別待遇產生了盲點:面對欲望的盲目,造成了許多無謂的虛擲浪費;面對油然而生的欲望,人們的脆弱受到掩蓋,對時間的流逝不以為意,總以為自己有源源不斷的時光可供揮霍,可是卻沒有意識到生命稍縱即逝,今天眼前處理的事情、面對的人,可能就是生命中的最後一次。人們總是輕易遺忘,在為時已晚之際才恍然大悟;也容易被許多藉口絆住,將重要的人生目標一再延誤,認為以後一定會有時間回過頭來處理早該認真面對的事情,只是經過耽誤拖延,往往就沒有以後了。

　　根據塞內卡的分析,人們往往將錯誤目標擺在人生重要的序位上,不只是販夫走卒,就連貴為君王也犯過同樣的錯。例如,羅馬帝國的開國君主,同時也是羅馬帝國最偉大君主之一的奧古斯都 (Augustus),將放鬆閒暇視為重要的生活目標,卻因帝國連年征戰、事務繁忙,總在一而再的延誤與放棄中度過。塞內卡並非反對在生活中安排休閒,他所反對的是一再受到各種延誤所導致的虛耗。空白是一種延誤生命的形式,但將時間放錯位置或是無法按照心意使用,同樣也是延誤生命。塞內卡列舉多位重要的歷史人物,這些大人物並非索然度日而浪費生命,多半是原定計畫受到各種干預,導致他們無法心無旁騖地過日子。對一般人來說,生活中的許多瑣事,往往使得自己無法隨心所欲地過活,然後有些人會自我安慰「等過幾年退休之

後再來做」、「再等幾年這事我就不做了」，但結果是當生命只剩殘羹冷飯之際，想做的事情已經無力去做。世人往往等到生命快結束的時候才開始思考如何活，而這時已經太遲了。

對塞內卡來說，將體力與智力最旺盛的年歲，用在不想做或是不得不做的事情上頭，就是忘了生命極為短暫，人終有一死，這無疑地也是一種虛擲浪費。塞內卡對庸庸碌碌、受瑣務約束之人，給出一個生動的描述：縱使人的壽命長達千年，也一定還是充滿各種藉口與耽擱，其中「真正得以做自己想做的事情」，這樣的機會與時間仍然極其有限，稍縱即逝。而英雄偉人之所以能成就了不起的事業，是因為他們將所有熱情投注在畢生職志，不讓生命空虛浪擲，也沒有讓自己委身虛應瑣碎的事務。因為沒有任何俗世瑣務值得用時間來交換，因此他們才能夠做時間的主人，成就自己的事業。

塞內卡做了這樣的結論，「學習生活需要花上一輩子的時間，可是更讓我們吃驚的是，學習死亡也需要花上一輩子的時間。」塞內卡提出盤點人生的呼籲，扣除送往迎來的虛應，免去人情世故的牽掛，擺脫假意算計的俗務，捨棄空泛浮華的虛名後，人生已然所剩無幾。也因此，生命的品質、長度跟時間沒有直接關係，不能只以表象的外觀與生硬的數字來衡量：「你不能從白髮與皺紋來斷定這個人活得夠不夠長：他不一定活得夠長，只是剛好待得久一點而已。」就像是在暴風雨中飄蕩的船隻，你以為航行夠久了，可是它只不過在原地載沉載浮，實

際上一點進展都沒有。

　　塞內卡提出的警告，是時間的交換價值過於廉價，人們往往被眼前虛假的換算所蒙蔽，忽略了時間真正的價值。而時間之所以寶貴，正是因為無可取代。相較之下，以時間換取得來的養老金與撫恤金都顯得無關緊要。

> 時間無法倒流，人生無法復原，生命沿著既定的路線前進，既不會倒退也不曾更改。它不會主動提出警示，告訴你時光飛逝，只會靜靜地流逝。它不會因為國王的命令或是平民的喜愛而稍有延長，從第一天起，時間就往前邁進，不斷流逝，不曾停歇，也不曾轉向。

　　只要認清這個事實，大家在使用時間的時候就會變得謹慎，使用金錢都需要小心翼翼了，更何況是無法替代的時間？因為我們永遠無法知道時間還剩下多少？什麼時候會戛然而止？想到這裡，我們還能遊手好閒嗎？時光就像是湍急的溪流，無論你選擇以什麼方式度過，時間的流逝都不會停止。

　　在時光寶貴且無法替代的前提下，塞內卡倡議節制欲望的理念，不但不是保守迂腐，反倒是一種積極主動的人生觀。根據塞內卡的分析，就時間的階段屬性來說，「人生可以分為三個階段，過去、現在與未來。當然，現在是短暫的，未來充滿不定，而過去是確定的。面對過去，命運已喪失影響力，任何人

都無法重新掌握。」過往的時光盤旋在腦海中，隨時可供反覆檢視，但是現下的時光卻是稍縱即逝，容不得遲疑不決；也因為難以意識到時光流逝，反而一不小心就錯過了。就此推論，很容易就可以知道為何總有人幻想長生不老，因為擁有無盡的時間，似乎就握有源源不絕的籌碼，再怎麼揮霍虛擲都無所謂。但這樣無所事事的悠閒，卻是一種奢侈的放縱。

這就是為何塞內卡說，學習生活需要一輩子的時間，學習死亡也需要花上一輩子的時間。人生的每一天，都在迅速流逝的時間洪流中做出抉擇，每一分每一秒都朝著死亡的未來前進。因此謹慎地使用時間，拿來思考、學習、從事有意義的研究，就是在跟聖人智者們學習死亡。就這個角度看來，金錢會揮霍殆盡，石碑廟堂會土崩瓦解，然而利用理性成就的智慧如文學、哲學等，將能夠超越時間，人回顧過去的歷史，融入記憶，對應當下，妥善利用，便能對尚未到來的一切預知規劃。過去、現在、未來，經由智慧與理性交織，構築出細膩連綿的人生，這正是本書念茲在茲、超越時光限制的永恆。哲學家獲得永生，也為自己與他人帶來真正的快樂。

依據塞內卡的討論，生命的價值不在於時間長短，而在於使用方式、產出品質與意義。老年未必比較有價值，活得久也不表示活得好。如果是虛度消耗、曲意逢迎，即使正值青春年華，人生亦是空洞萎靡；相較之下，積極掌握、理性經營，人生即便到了晚年還是能開創出崇高價值。

小　結

　　希臘羅馬的哲學家討論生命意義時，鮮少將老年視為須獨立出來討論的生命狀態。對他們而言，每個階段同等重要，也沒有辦法將同樣的標準複製到不同階段。生命不但因人而異，也因階段與時空脈絡而異，沒有通用的單一標準。蘇格拉底與柏拉圖認為生命的目的在於追求美好生活，其中當然也包括老年，蘇格拉底強調經驗累積，柏拉圖則偏重先驗存在的本能式體驗。儘管兩人在方法上有不同見解，但是都認為應追求有條件、有節度的快樂。

　　至於如何看待以及如何詮釋老年，無論是尊奉享樂主義的西賽羅，或是謹守節欲主義的塞內卡，兩派論點在人生態度與價值取捨上或有出入，但是對於老年的主張卻是相當一致。首先，對於生命的階段性發展，兩方都不認為不可變動，也不認同有清晰不變的定義。生命的意義是相對的，正如生命階段可任意劃分，不同階段的意義也是浮動變異，老年不必然要背負既定的刻板印象，當然就有充足的能量挑戰僵化制式的定義。此外，生命的價值不在於長度，生命的意義也不在於數量，最重要的是品質。也就是說，老年未必是被動僵化，年輕也不見得就比老年積極有衝勁，一切都在於抉擇取捨的判斷，以及依據的價值標準。謹慎積極、慎思明辨，老年依舊可以活出充實有意義的黃金歲月。如此看來，兩派論點都同樣肯定人的主體性，也認同主動與積極。事在人為，關鍵在於態度而非年紀。

戲如人生，人生如戲
——莎士比亞的老化書寫

俗話說：「戲如人生，人生如戲。」這句話套用在老化與失智的書寫上，可能是再貼切不過的寫照。如果說文學書寫反映出真實人生，實際情況可能是因為作家觀察的對象與書寫的題材，便是人生百態；而成名作品廣受傳頌，又進一步影響後世讀者閱讀與思考的視野，成為鮮明且難以顛覆的既定印象。社會上許多關於老人的形象，例如執迷不悟、食古不化、剛愎自用、懷疑猜忌、聽信諂言，有許多是頗具偏見的刻板印象，這些負面且樣板的書寫，很容易主導民眾對於特定題材的想像，是導致老化書寫容易複製既有慣性、缺乏想像的主要原因。

幸好，我們還有莎士比亞（William Shakespeare，1564-1616 年）！莎士比亞對於老化的書寫別具創見，大大提升讀者對於老化的理解。他的寫作經常取材自民間流傳已久的素材，角色塑造深刻且鮮明，劇情鋪陳令人驚奇卻又別具說服力，文字的創意與魅力令人著迷，作品有相當高的寫實還原能力。因為莎士比亞的成功，使得老化在讀者心中留下深刻的印象，而

後代的作家也難以突破莎士比亞設下的門檻。

　　當然，莎士比亞無意詆毀、醜化長者的形象。相反地，莎士比亞的文字書寫展現強大的創新能量，大量使用隱喻，不將角色以樣板化的方式呈現。老化的書寫，在莎士比亞筆下展現相當豐碩的成果。他試圖將老化賦予更鮮明且生動的寓意，他將老化的書寫透過隱喻的手法，將生命狀態與外在環境產生連結，使得老化一方面因此具有豐富鮮明的意象，另一方面也為抽象難懂的概念賦予具體符號意涵。

　　老化作為一種隱喻的手法，在莎士比亞手中達到豐富成熟的境界。莎士比亞將人生的階段比喻為劇場中不同年紀的角色，當人生走到盡頭，就跟謝幕下臺的演員一樣「揮一揮衣袖不帶走一片雲彩」。透過將老化與人生階梯連結，刻劃出身處不同階段、不同高度的人生狀態，遵循著生命軌跡高下起伏。另外，莎士比亞也將老化與自然界中的風雨連結，老化的處境被形容成在風雨中飄搖的意象；或是將老化類比為秋日的落葉，讓生命週期與自然界的循環產生隱喻呼應，老化雖然因此被安上鄰近終結的寓意，卻也象徵了循環再生的動能。

人生如戲的舞臺隱喻

　　莎士比亞的許多經典作品對於後世讀者與寫作者而言，具有無可動搖的重要地位。在莎士比亞的作品裡，對於老人的呈現方式與老化的討論都相當豐富生動，喜劇《皆大歡喜》(*As*

You Like It) 當中一段描述人生如戲的文字，可能是他討論老化歷程的創作中最有名的部分。在這段舞臺獨白中，莎士比亞將人生比喻為舞臺戲，每個人都是演員，而人生從小到大的過程被劃分為七幕場景。莎士比亞將人生晚年比喻為戲的最後一幕，老化遲緩、記憶衰退、身體機能退化、沒了牙齒、視茫茫、髮蒼蒼，了無生趣。有趣的是，莎士比亞將人生最後的階段，比喻為重返幼年的原始狀態，稱之為「第二個童稚階段」("the second childishness")，而且將重新體驗第二次童年：

世界是個舞臺，

所有男女都只不過是演員；

他們有離場的時候，也有上場的時刻。

在臺上都扮演好幾個角色，

他的表演可以分為七個時期。最初是嬰孩，

在保姆的懷裡嗚咽嘔吐。

然後是背著書包、發著牢騷的學童

朝顏神氣，像蝸牛一樣拖著腳步，

不甘不願走進學校。然後是情人，

像爐灶一樣嘆氣，寫了一首悲傷的歌謠

為了他戀人的眉毛而做。然後是軍人，

滿口怪異的誓言，蓄著跟豹一樣的鬍子，

針鋒相對，吵架來得又急又快，

追尋著泡沫般的榮譽，

在刀尖砲口上也不改其志。然後是法官，

胖胖圓圓的肚裡塞滿了閹雞，

凜然的眼光，工整的鬍鬚，

滿嘴都是勸世格言和老生常談；

他就這樣扮演他的角色。第六個時期變成了

傻老頭，身形消瘦、步履蹣跚，

鼻頭上懸著鏡片，錢包在身上晃；

年輕時穿的長襪保留得很好，套在萎縮的腿上卻太大了；

整個世界對他來說都太大了；他那雄厚的男人口音

又變成了孩童般的高音，尖聲鳴叫，

講話像是在吹哨子一樣。最後一幕，

結束了這段古怪多事的歷史，

進入了第二個童稚階段，只剩下全然的遺忘，

沒了牙齒，沒了視覺，沒了味覺，沒了一切。

　　莎士比亞對人生的體悟大致建立在循序漸進的生命觀，人生的發展被比喻為一個接著一個的階段，各階段發展之間有連貫性、也有差異，顯示不同階段各自相異的喜好與特質，展現各異其趣的人生風貌。就莎士比亞這段文字來看，作家強調的是階段之間的差異，但並未評估不同階段的好壞。

　　莎士比亞筆下許多題材並非原創，將人生發展視為階段的

想法也非莎士比亞首創。在希臘悲劇《伊底帕斯王》(*Oedipus the King*) 當中，索福克勒斯 (Sophocles) 講了一個受到命運殘酷玩弄的故事：國王在迎接兒子誕生的同時，接獲自己兒子日後將弒父娶母的神諭。為了避免命運成真，國王命令手下將幼子拋棄在田野中等死，手下卻心生憐憫，將國王的幼子送至鄰國撫養。沒有想到，長大後的王子也同樣獲得自己將弒「父」娶「母」的神諭警示，不知道自己是養子的王子為了避免神諭「成真」，決定遠離成長的王國，卻在流浪的過程重返他出生的國度，使得神諭最終還是實現。在這齣廣為人知的希臘悲劇當中，索福克勒斯引用階段性發展的比喻來詮釋人的一生。伊底帕斯重返出生國度時，在國境邊界遇到盤據入城閘道的人面獅身獸 (Sphinx)，殘暴的人面獅身獸追問每一位通過的人，如果沒辦法解答牠的謎語，就會遭到撕裂吞食的下場。而這個有名的謎語便是：「什麼動物早晨用四條腿走路，中午用兩條腿走路，晚上用三條腿走路？腿最多的時候，也正是他走路最慢，體力最弱的時候。」

想必大家都知道謎語的答案就是「人」。這個謎語替原本就已經相當豐富的故事增色不少，除了用「走路」轉喻生命發展的歷程，還透過「腳」數量的變換來呈現不同生命階段的發展。一開始用四肢爬行，接著是雙腳站立，最後得用枴杖輔助，三個不同階段的遞嬗，代表生命力的起伏變化。不過索福克勒斯針對不同階段的看法有其價值判斷差異，腳的數量愈多體力愈

圖 4-1 「伊底帕斯與人面獅身獸」 安格爾 (Jean Auguste Dominique Ingres) 繪，1808 年，羅浮宮收藏。

弱，數量愈少體力則愈好。也因此，人生被粗略劃分為三階段，階段之間不只是發生先後的關係，還有優劣高下的差異，價值並不相同。

除了經典的希臘悲劇之外，中世紀起即廣為盛行的宗教藝術創作，對於年齡階段的演繹也有相當直接的啟示。以「人生階段」("The Ages of Man Represented as a Step Scheme") 為題的版畫，透過大量複製與創作廣泛在民間流通，除了於居家空間

展示，更經常出現在教堂等公共場所。版畫的複製成本低，有利於廣泛流傳；創作框架明確，也有利於不同時代與地區的創作者廣泛參與。無論是能見度或再創頻率，均具有相當深遠的影響力。基本上這一類畫作有固定的創作框架，儘管筆觸風格與背景元素有所差異，所要傳達的視覺意象與道德寓意仍相當一致。

以十六世紀中期為例，義大利知名藝術家柏特立（Cristofano Bertelli，活躍時間約在 1525 年前後，亦有說出生於 1526 年）創作的「人生階段」版畫廣為流傳。柏特立的「人生階段」展現了這一類創作的通用構成要素：畫面主要視覺效果為階梯的意象，以水平與垂直軸線構成空間向量，水平軸線可視為時間的演進，由左至右是年少到老邁的演進，而垂直軸線為身體狀態的變化，起始點為身體最為屏弱的狀態，隨著垂直軸線往上延伸，體能狀態也逐步提升。

「人生階段」整體呈現出生命樣態的變化，畫面以橋梁或坡道的方式呈現軸線起伏，曲線上方分別以不同年紀的圖像作為對應，由最左方身型弱小的兒童，成長至意氣風發的成年，隨後變為成熟老邁，最終以萎縮的老耄形象結尾。動線由左下角的階梯底層作為起始點展開，此時是最稚嫩原始的狀態；接下來成長茁壯，人生狀態逐步攀爬至高峰；過了顛峰的狀態之後一路下滑，無論事業成就或是身體狀態，各方面陸續退卻至底層，最終成就與生命狀態皆歸零。

L'Échelle de la Vie Humaine, *par Christophe Bertello.*

圖 4–2　「人生階段」　柏特立繪，創作時代推估為十六世紀。

　　對應「人生階段」的空間構成要素，莎士比亞將人生最後
與最早的階段進行連結。雖然就生命發展的角度來看，一個是
起點，一個是終點，意義大不相同，但是就體能狀態而言，兩
個端點恰是生命狀態最弱的低點。莎士比亞認為人生晚年將歷
經第二次的童稚階段，當然不是指返老還童，而是說人生的智
慧與行為能力都將歸零，重返無知、無助、無能、一切都得仰
仗他人協助的狀態。這樣的視覺呈現可以在圖畫的空間中找到
對應。

　　莎士比亞的觀察符合絕大多數人的經驗，人生從上臺到退場謝幕，確實是一齣起伏升落的戲。透過生動的文字，莎士比亞成功地將人生尾聲的老化比喻為一種回歸：回歸到更為初始、更為簡單的人生狀態，宛如劇場一般隨著演員登場、退場。莎士比亞筆下的另一個有趣之處，是將老年比喻為第二個童稚階段，這似乎有助於迴避眾多負面、令人反感的老化描述。比起赤裸裸地描繪各種失能狀態，回歸童年似乎是較能令人接受的陳述。

連結自然風貌的老化隱喻書寫

　　根據學者查尼 (Maurice Charney) 的研究，莎士比亞的創作中有相當大的比重放在對於老化的書寫。查尼認為，莎士比亞之所以經常且鉅細靡遺地書寫老化，跟莎士比亞自己感受到的焦慮有密切關聯。也就是說，莎士比亞之所以大量寫作老化，是想要透過書寫來了解自己面對的老化問題。透過文字重現老化，是莎士比亞理解自己、面對自己的重要課題：了解老化在社會中的意涵，就是了解社會文化；認識老化，就是認識自我。

　　如果說莎士比亞的十四行詩最能表達個人由衷的心聲，那麼莎士比亞對老化的憂慮，正是其十四行詩的重要關懷。在莎士比亞的十四行詩中，歲月的流逝是密集反覆出現的重要主題。查尼說，莎士比亞在十四行詩中將歲月流逝分別描述為「摧毀一切的終結者」、「帶著鐮刀的死神」或是「暗示時光流逝的沙

漏」、「無從回頭也無法停步的道路」、「美麗容顏的毀滅者」、
「怵目驚心的皺紋與白髮」、「在寒冬中掉光樹葉的枯樹」、「白
日將盡的黯淡暮光」、「燃燒殆盡的灰燼」。無論現下多麼美好，
世間的一切都將成為過往雲煙。面對歲月的無情，詩人的才情
是抵抗的唯一武器，也只有詩人筆下的創作才能成為永世流存
的藝術。寫作對於莎士比亞來說，是抒發老化焦慮的管道，也
是撫慰與抵抗的唯一工具。

　　根據查尼的研究，莎士比亞筆下的老化有多種繁複面貌，
老人不全都是惹人生氣的討厭鬼，也並非都是好財貪求的守財
奴。即便是依循既有的形象書寫，莎士比亞還是深入鋪陳故事
背景，無論以什麼樣的形象呈現老人，其中沒有人的社會背景
與性格完全相同，也不會以同樣的態度面對命運。莎士比亞筆
下的老人包含：安逸享樂的法斯塔夫（Falstaff，出自《亨利四
世》），睿智聰慧的小加圖〔Cato the Younger，《威尼斯商人》
劇中女法官波西亞 (Portia) 之父〕，小氣吝嗇且精於算計的猶太
人夏洛克（Shylock，《威尼斯商人》），也有在荒島上以魔法統
治樹立威嚴的普洛斯彼羅（Prospero，《暴風雨》），甚至還有像
《哈姆雷特》中遭到兄弟暗殺、以老人形象現身的父親冤魂。
莎士比亞筆下的老人有各種不同的職業，有權傾一時的國王、
公爵，有位高權重的重臣、法官，有安逸惡勞的弄臣、小丑，
有隨遇而安的牧羊人、工匠，一如真實社會的縮影。老人歷經
各種專業訓練的養成，在社會中有各自的位階，當然也有各自

的憂慮。

　　莎士比亞對於筆下老人的評斷不盡相同，在不同作品中面對老年的姿態也有所不同。例如前述《皆大歡喜》一段人生如戲的獨白中，莎士比亞以較為詼諧戲謔的方式訴說，以鮮明的圖像連結傳達出對於人生的想像，或許也還有些微抗拒不從卻百般無奈的感慨。在《第十二夜》(*Twelfth Night*) 當中，對於老年的感慨則投射到風雨交加的天氣上，這段話從四處遊蕩且碎念聒噪的傻子費斯特 (Feste) 口中唱出，整齣戲以此收尾落幕。與莎士比亞筆下許多丑角一樣，雖然平時胡言亂語，這段話的意涵卻又顯得寬宏大度、睿智無比。儘管天候無常、陰晴不定，但對任何年紀的人卻都一視同仁，無論老小都得面對風雨交加的日子：

　　　　當我是個小小孩的時候，
　　　　嘿，呵，又下雨來又颱風，
　　　　糊裡糊塗也當成有趣的遊戲，
　　　　這雨可是天天下個不停。

　　　　但是等我長大成了人，
　　　　嘿，呵，又下雨來又颱風，
　　　　防城防盜大家都關上門，
　　　　這雨可是天天下個不停。

但是等我回到，唉呀，老婆身旁，
嘿，呵，又下雨來又颱風，
整天暈頭晃腦辦事可不牢靠，
這雨可是天天下個不停。

但是等我往床上撲倒，
嘿，呵，又下雨來又颱風，
我這醉漢老是昏頭昏腦，
這雨可是天天下個不停。

世界開始在很久以前，
嘿，呵，又下雨來又颱風，
那沒有關係，我們的戲分已經演完，
可我還是盡心盡力，每天都來服侍取悅各位。

——莎士比亞，《第十二夜》第五幕第一景

　　歲月的流逝一如風雨，無法抵擋也無從迴避。將時間與風
雨相比，將歲月的流逝形容為弭平痕跡與差異的毀滅者，即便
是綿綿細雨，都有清掃世界一切紛擾的能力。將歲月的流逝比
喻為風雨，是莎士比亞經常仰賴的隱喻連結。除了《第十二夜》
當中有名的結尾橋段，《李爾王》也用風雨來鋪陳李爾王孤苦失

智的淒涼晚景。《第十二夜》與《李爾王》兩齣劇本截然不同，前者是兩對戀人歷經誤會終成眷屬的喜劇故事，後者則是一無所有的老國王瘋癲失智的悲劇。這段寓意深遠的臺詞刻意由裝瘋賣傻的弄臣講出，反而顯得格外清醒理智。在莎士比亞筆下，無論是人世間的歡笑或是悲傷，都將被代表歲月的風雨清掃殆盡：

> 他的腦筋糊塗不靈光啦，
> 嘿，呵，又下雨來又颱風，
> 命運給他帶來什麼都得欣然接受，
> 這雨可是天天下個不停。
>
> ——莎士比亞，《李爾王》第三幕第二景

《李爾王》：老化、失智與家庭悲劇

在莎士比亞的悲劇中，家庭往往是故事發生的場域，而親情之間的羈絆與衝突，則是悲劇的起源。莎士比亞的四大悲劇擁有複雜而華麗的劇情，架構龐大且震撼人心。《哈姆雷特》王子報復篡位的叔叔；《奧塞羅》黑人將軍妒火中燒，親手勒斃嬌妻；《李爾王》失智國王將國土全數分給兩位諂媚的女兒，卻排除善良的小女兒；《馬克白》大將軍受到太太慫恿而叛變弒君。儘管故事發生在宮廷之中，講述的是官場爭鬥的猶豫、嫉妒、

愚昧、野心，但不論是劇情主軸的主要角色，或是支線出現的父子衝突，都具有近親血緣關係，所以四大悲劇基本上都是家庭成員之間發生衝突，最終走向毀滅結局的親情劇。以《李爾王》為例，家族大家長因老化變得愚昧任性，乃至於失智瘋癲，並在原本家庭成員的算計之下，使得衝突逐步加劇。

《李爾王》對後世劇本創作與觀眾收視期待的啟發，可能是莎士比亞眾多劇本當中影響力最大的作品之一。《李爾王》講述昏庸老人的自我毀滅，主軸與支線都聚焦在瘋狂落魄的老人身上，李爾王頑固剛愎，喜好讒言而無視忠言奉勸，專制獨斷、判斷喪失現實感，極端易怒且難以溝通，任性好勝且蠻橫霸道，是莎翁作品中較少見的主角設定。作為一個領導人，李爾王眾叛親離，無疑是個失敗的暴君；作為一個父親，李爾王也絕不稱職，他從未獲得大女兒與二女兒的尊敬與喜愛，對於心地善良的么女則欠缺耐心與傾聽。也就是說，李爾王的故事巧妙地將家庭事務與國家運作連結在一起，雖然講述國家大事，但劇情多半發生在居家場域，牽涉在內的角色也都是家族成員，十足是家庭悲劇的格局，可複製到任何類似的情境當中。

在故事的開頭，就對李爾王瀕臨失智的早期症狀有所暗示。當李爾王輪番質詢三位女兒有多麼敬愛自己時，大女兒與二女兒的交談已透露端倪。工於心計的大女兒高娜李爾 (Goneril) 首先提到：「他的年紀已經到了反覆多變的時候，我們觀察他這異樣的行徑可不算少。他一直都最寵愛我們的妹妹，可是他現下

是非不分，竟然粗暴地將她趕走。」二姐李根 (Regan) 接著說：「他這個年紀就是這麼昏庸孱弱，他從來都沒有真正了解過自己。」

李爾王的言談多有反覆且前後矛盾，本人對此卻無自覺。我們當然可以解讀為是因為國王的權力無限大，講話向來恣意而為，無人敢於忤逆。但從醫學的角度看來，言談矛盾且無自覺，無疑是失智症早期的症狀。例如李爾王在第一幕說道：「我以我手上的權力，交付 (invest) 你統掌號令部隊的至高權位，如陛下之崇高卓絕。」而不過就在僅僅兩行臺詞之後，他馬上又改口：「只不過我還要保有 (retain) 國王的名號，以及一切王位享有的權力。」李爾王在幾句話之前才剛說要交付王權，卻又馬上要求將給出去的權力收回。李爾王的舉止引來大女兒訕笑：「傻老頭，早已經給出去的權力，卻還妄想要一起享有。」李爾王或許忘了，國王權力之所以至高無上，正是因為其無法分享，只要有兩者共享權力，那就稱不上「至高無上」了。此情景或可視為國王對權位的戀棧，但也可解釋成短期記憶力薄弱與認知力退化。對於剛講過的話馬上忘記，言詞前後反覆不一，理解能力薄弱，是失智症的典型症狀。

在與肯特伯爵重逢時，或許是因為失智病症的惡化，李爾王已喪失辨識能力，連長年效忠的近臣容貌都認不出了。李爾王問：「先生，你認識我嗎？」肯特伯爵勉強答覆：「我不認得您，先生，不過您的樣貌會讓我想要臣服效力。」李爾王：「那

圖 4-3 「風暴中的李爾王與弄臣」 威廉・戴斯 (William Dyce) 繪 ，約
1851 年，蘇格蘭國家畫廊 (Scottish National Gallery) 收藏。

是什麼意思？」肯特：「有種威嚴。」李爾王的失常再次引來大
女兒的輕蔑嘲笑，甚至脫口而出：「呆老頭變得跟嬰兒一樣，你
不能只是哄他，你看到他們做錯事情還是得好好教訓才行。」

　　隨後登場的弄臣雖然插科打諢，看似荒謬的言談中卻總神
來一筆，睿智的話語每每驚醒夢中人。面對前言不對後語的李
爾王，弄臣說：「你把頭上那頂閃閃發光的皇冠交出去之後，你
光禿禿的腦袋就沒有什麼智慧了。」隨後又補充道：「你最瘋瘋

癲癲的地方就是把女兒當成了親娘，你把棍子交給了她們，還自己把褲子脫了下來。」李爾王失智後，喪失打理自己服裝儀容的能力，經常穿搭著破爛的衣服，甚至赤裸著身子。弄臣嘲弄「華服盛裝掩藏一切」，而一無所有的李爾王，甚至連像樣的遮蔽衣物都沒有，簡直就跟赤裸的動物一樣。此刻的諷刺聽來刺耳，卻也反轉李爾王信奉的社會價值。華服象徵工藝文明的極致，也象徵禮教束縛的虛偽矯飾，一旦扒光了衣服，反倒脫離層層約束，得以敞開心胸說真話。最後與小女兒重逢之際，李爾王已病入膏肓，隨從為他披上衣物遮蔽，象徵著回歸理性

圖 4-4　「李爾王與小女兒」　福特‧馬多克斯‧布朗 (Ford Madox Brown) 繪，約 1850 年，英國國家畫廊 (National Gallery) 收藏。

與文明，李爾王也得以在臨終前保持一絲清醒，當面獲得小女兒的寬恕與諒解。

李爾王臨終之前，呈現失智症典型的認知錯亂症狀，除了不認得密切相處的親友，對於所處的時空環境也經常感到錯亂，「不知今夕是何夕」。直到小女兒終於找到了他，李爾王似乎拾回理智對小女兒說：

> 我是個非常愚蠢愚昧的老人，
>
> 八十歲了，一個時辰不多也不少。
>
> 不過老實說，
>
> 我的腦袋恐怕不是很靈光。
>
> 我想我應該認識你，我也應該認得這個人，
>
> 但我也不確定；因為我什麼都不知道，
>
> 我在什麼地方，我會哪些把戲，我都不知道，
>
> 我不記得我穿的這些衣服哪裡來的，
>
> 我連昨天晚上睡在哪裡我都不記得了。別笑我，
>
> 雖然我現在的樣子糟透了，但我知道，
>
> 我眼前這位女士，就是我的孩子寇蒂利亞 (Cordelia)。

莎士比亞對李爾王老化失智的描述，並不是刻板膚淺的樣板書寫。李爾王的愚昧頑固或許與年齡有關，但未必全因年長所致。李爾王的老化失智也非一成不變，而是有著漸進惡化的

歷程，時而昏聵時而清醒，在病入膏肓時，反倒對過往人生產生深刻體悟。或許李爾王的眾叛親離可歸咎為性格偏激，然而年老是無可避免的宿命，失智瘋癲更無法視為現世報應，因為病症導致的潦倒落魄，令人心生憐憫。比較積極的意涵是，老化與失智並未全將李爾王的記憶與認同清除殆盡，透過體認老化與失智，李爾王也重新認識自己，在人生旅程的終點重獲成長與救贖。

　　李爾王是一個複雜的角色，一如真實生活中的處境，有著內在與外在多重因素影響。李爾王在過程中飽受因老化帶來的兩端拉鋸，一方面感受到時日不多的壓力，卻也同時更不受禮教框架所絆；隨著症狀惡化，李爾王變得更昏庸易怒，但在偶而浮現的清明時刻更為睿智。諷刺的是，李爾王大權在握時看似最具威嚴，卻只能靠著諂言維繫薄弱信心；但在失去一切後，看似最為脆弱的時刻，反而最清明灑脫、不受羈絆牽掛。

小結：老化書寫與多元價值

　　我們在影視創作中，是否看過以下的情節或角色：為爭奪家產而巧言諂媚、殘酷冷血的親屬；剛愎頑固、無法溝通的老人形象；長輩財產所託非人，最後淪落到貧病交加、無人聞問。如果上述橋段是創作者與觀眾樂此不疲的題材，那麼我們或許應該以更嚴肅的眼光，仔細思考《李爾王》這個以老國王為主角的劇本為何值得一讀再讀。

　　毫無疑問地，莎士比亞是歷代文學研究者深感著迷且探究不盡的寶庫。然而莎士比亞的書寫之所以可貴，絕對不是單一原因就可以完整解釋。莎士比亞雖然大量仰賴隱喻，卻不拘泥於特定僵化符號，也不慣性使用刻板印象，而是透過創造性的破壞，活化、豐富符號與符號之間的連結。老化的形象可以是風雨飄搖、秋日落葉、舞臺謝幕、緩降階梯、童稚兒語、救贖再生等其中的任何一個，也可以是全部都有。

　　當然，這些符號具有的象徵意義，也不只是單向的固定意涵，而是繁複、多元的：風雨雖帶來考驗，卻讓連結更為緊密；樹葉飄落凋零，卻也點出萬物周而復始的動態能量；舞臺上的好戲一幕接一幕，我們是戲子也是觀眾，可以投入情緒而感動落淚，也應當要有抽離旁觀的冷靜；人生階梯有攀升與降落的周期，順勢而為不強求，是一種看清現實的安分，也是一種認識自己的責任。莎士比亞筆下的老人樣貌豐富多元，閱讀老化書寫、思考老化的寓意，不但可深入探究老化的眾面向，也是面對老化所應抱持的謙虛態度。

　　無論是表露個人心聲的十四行詩，或是藉由角色衝突醞釀的戲劇效果，莎士比亞的老年書寫可能是西方書寫傳統中最精彩的一位。莎士比亞筆下的連結符號創新、文藻雋永深刻、詩句真摯誠懇，不僅賦予老化多樣繁複的意涵，老年更不只是扁平單一的角色設定元素，也是構成戲劇的重要元素。在莎士比亞筆下，老化被提升成推進劇情張力的關鍵要素，透過詩與戲

劇，傳達他對老化的想法。

在莎士比亞之外，同時期另一位對老化有深刻思考的文人，則藉由散文的書寫抒發他對老化的省思，同樣也獲得極大的歡迎，此人就是下一章所討論的主角培根。

自然與老年
──培根的老化辨證與養生論述

　　生命的意義是什麼？什麼樣的人生算得上成功？活得老、活得健康，算得上是一種評斷人生的標準嗎？文學家用手上的筆來書寫老年，哲學家透過辨證反思老年，那麼講求實證經驗的科學家如何研究老年？老化能夠像培養皿那般觀察記錄嗎？老化能夠成為反覆操作的實證研究對象嗎？歷史上現代醫學技術尚未出現的時代，無法透過電子顯微技術觀察細胞老化，彼時所謂的科學如何研究老化？

　　換個角度想，老年是主觀的體驗，是自身生命經驗的感受，每個人都是獨一無二的存在。你的老年跟我的老年可以相提並論嗎？我在年輕時預想的老年跟將來實際感受的老年，會是同一件事嗎？透過他人的書寫來反思自己的生命，稱得上是客觀的科學體驗嗎？如果依循客觀精準的實驗操作規範，對老年的研究就能夠算是客觀的嗎？如果有人同時具有文學家、哲學家、科學家的多重身分，他所進行的思考，會不會更客觀公正？他對於老化的相關撰述，會不會具有更高的參考價值？

　　這個章節要討論的，是從「科學」的角度思考老化。不過在這裡使用「科學」(science) 這個詞彙，恐怕有時代錯亂的嫌疑，容易產生誤導。「科學」或者「科學家」，在西方社會中是十九世紀的產物。此處所提到的「科學」，精確一點的說法應該是「理性」(reason) 或是「自然史」(natural history)。也就是說，十八世紀的啟蒙時代篤信理性與知識能夠改善人類生活，以精確、客觀、公正的思辨展開現代思潮，透過理性思維，思考所面臨到的問題，並將人類從無知狀態中解放出來。誠如人類史當中的任何一個年代，對生命本質的探究，甚至對於長壽與健康的追求，同樣也是這個時期知識界熱衷討論的重要議題。

淺談培根其人

　　法蘭西斯・培根（Francis Bacon，1561–1626 年）是此時期最重要也最知名的知識分子之一，相傳十八世紀詩人波普（Alexander Pope，1688–1744 年）就極為敬佩他的博學多才，盛讚培根是英國甚至是所有國家當中，有史以來最偉大的天才。培根兼具政治家、科學家、哲學家、作家等多重身分，從年少起就展現雄心壯志，接受神學、哲學、數學、天文學、希臘文、拉丁文等嚴格訓練。培根十二歲時進入劍橋大學就讀，十五歲畢業後前往巴黎從事外交工作，後來返回英國並當選下議院議員，最高還曾擔任過大法官的職位。只不過後來在宮廷鬥爭中為保護國王，培根背黑鍋入獄，被囚禁於倫敦塔，雖然後來獲

釋，卻從此退出政壇，不再涉足政治紛擾。不過培根因禍得福，儘管不再擁有榮銜官位，清貧的生活卻讓培根得以專心著述。他受後人景仰的文采與「科學」創見，都是退出政壇後才產出的。培根富有實驗精神，揭開科學革命的時代，不過對於他個人的生命來說，卻未必完全是好事。培根是表裡如一且身體力行的「科學家」，因為想知道雞肉可以在冰雪中保存多久，親自在大雪中

圖 5-1　　「培根像」，范薩默一世 (Paul van Somer I) 繪，1617 年，波蘭瓦津基宮 (Palace on the Isle) 收藏。培根時任掌璽大臣一職。

做實驗，卻因此感染風寒不幸過世。

　　在培根的多重身分當中，今日世人印象深刻的可能還是文學家培根。在他所有的創作當中，至今依舊廣受閱讀的，應該是散文作品《培根散文集》(*Essays*)。《培根散文集》在 1597 年出版時只收錄 10 篇散文，之後經過反覆修訂與擴充，1625 年的增訂版本已達到 58 篇的規模，是現存流傳版本的基礎。散文書寫較不受體例限制，題材直接反映作者的興趣、關懷與知識涵養，往往也洋溢強烈的個人喜好，是風格鮮明的創作文體。「文如其人」一事，可能在散文書寫中呈現得更為明顯。培根的文筆犀利輕快，文句簡潔且短小精鍊，沒有華麗空洞堆砌的

聒絮，也沒有學究偏好的艱澀炫學，卻經常出現令人驚豔的雋永語句。猶如他本人在〈論敏捷〉("Of Dispatch") 一文所提：「冗長而玄妙的話語不利於敏捷，就像長袍拖裙不利於賽跑一樣。」

　　培根的主要作品皆使用拉丁文書寫，這是當時學術界通用的語言，能夠以拉丁文書寫，反映出作者的教育與社會地位。然而他隨筆摘記式的短文，則刻意以英文書寫，對培根來說，使用自然、習慣的母語，最能直接反映細膩深刻的感受。文類與語言的抉擇，呈現作家的文筆風格，也反映出誠摯真誠的情感。有人將「散文集」翻譯為「隨筆集」，但這並不表示培根的散文就是隨性發揮、信手寫來的感性創作。《培根散文集》當中有培根對時局政事的看法、福國利民的愷切陳辭，也有培根自我砥礪與處世之道，或省思人生哲理的論述，卻鮮少有抒情感憂的叨叨絮語。研究培根的學者維克斯 (Brian Vickers) 大力稱讚培根的英文風格鮮明，對文字的使用極為敏銳且內涵豐富，跟莎士比亞相比毫不遜色。如此措辭雖有恭維客套的成分，但也證明歷來英國文學史的編輯，幾乎都將《培根散文集》奉為散文寫作的圭臬。培根雖未將文學創作視為人生最重要的規劃，卻無心插柳，成了獨樹一格的名家。

「貪生怕死」

　　培根面對寫作的態度嚴肅認真，作品當中有不少段落反映

出培根追求健康且長壽的渴望。培根追求長壽健康的執著，可能正好反映他對死亡的畏懼。就某種程度上來說，有多麼怕死，也就有多麼貪生。

　　培根對於死亡的畏懼，可能源於年少時父親驟逝留下的陰影。當時培根正值充滿抱負的年紀，在父親的刻意栽培下前往巴黎學習外交，父親卻在他十八歲時突然離世。突如其來的噩耗打亂了培根的人生，他返回倫敦，從外交事務轉為學習法律，也開始尋求經濟上的獨立。培根在《十世紀以來的自然史》(*Sylva Sylvarum, Or a Natural History in Ten Centuries*) 當中寫到一段相當個人的記憶，提到父親過世前兩天的夢境，當時他人在巴黎，而他夢到在倫敦的父親跟老家遭到黑色泥漿淹沒。這段回憶固然夾雜培根個人的神秘信仰，但培根曾與不少人分享這段記憶，甚至寫入著作當中，足以顯示這段無法解釋的神奇體驗，對他產生很大的衝擊。

　　培根對於死亡的畏懼是相當直接赤裸的。培根的著作之一，《學術的進展》(*The Advancement of Learning*)，被視為最早倡議實證科學的重要作品，儘管本書以稱頌英王詹姆士一世（James I，1566–1625 年）天縱英明的官腔客套開場，卻很快點出培根長期以來的焦慮。培根坦言這本書的撰寫有其迫切性，最首要也最重要的考量，就是「我們無法將快樂都寄託在知識的追求上，一如我們無法輕易淡忘凡人終將一死」。培根一再提醒，對於知識的追求以及對於上帝旨意的研究永無止境，在死

亡的陰影下，很多系統性的探究得要進行，而且刻不容緩，因為我們不知道究竟人生會在什麼時候劃下句點。

培根在作品中反覆提及對死亡的恐懼，頻率之高、焦慮之深切，著實引人側目。培根在〈致謝辭〉("Of Tribute, or giving what is due") 談到毅力修為，「毅力足以抗拒死亡這個最大的敵人」。他認為鋼鐵般堅定的意志，能夠比對於死亡的恐懼還強大，因此培根斷言，「我將堅毅的意志視為個人的傑作，也是榮譽的外衣，我用來征服面對死亡的恐懼」。在〈寫給拉特蘭伯爵的建言書〉("Letters of Advice to the Earl of Rutland") 中，培根卻又為自己面對死亡的恐懼辯護，「再也沒有什麼事情比起死亡恐懼來得尋常且強烈，對於自然人來說，再也沒有什麼比起解除死亡的恐懼來得不可能」。然而恐懼沒有困擾培根太久，他舉例：奉獻宗教的烈士、追求榮耀的異教徒、對國家的效忠摯愛、人對人特殊濃烈的情感，這些都可以令人面對死亡無所畏懼，即便飽受磨練也不改其志。

《培根散文集》是培根最為著名，也是評價最高的文學創作，他在〈談死亡〉("Of Death") 一文中寫道：「成人懼怕死亡，一如兒童畏懼走入黑暗，聽的故事多了，兒童天生的恐懼將愈來愈強烈，成人也是如此」。不知是為自己壯膽，或真確深信，培根寫道：死亡並不足懼，讓自己不害怕死亡的方法有很多，心懷復仇念頭就不怕死亡，心中有愛就不怕死亡，追求榮耀就不怕死亡，悲痛傷懷就忘了懼怕死亡，心懷恐懼也就轉移

恐懼，「有這麼多方法可以戰勝死亡，看來死亡並不是那麼恐怖的敵人」。或許培根不單是吹口哨壯膽，更藉由書寫為脆弱的感情找到依託，找尋排散恐懼的解方。

培根建議，學著將生命與死亡放在同樣的標準下對待。生與死同樣自然，或許也同樣痛苦。培根說，「將生命的終結看成自然的一種恩賜」。生死是自然現象，也都帶來相同程度的感受，因此無須刻意渲染誇大，這或許是由理性思維所構築起來的一種看待死亡的方式。但是從培根反覆提及親人之死，以及在散文隨筆中自承面對死亡的恐懼，在在都顯現其憂慮，以及追求健康長壽的渴望。

維持健康以追求長壽

培根對長壽與健康的追求，在〈談養生之道〉（"Of Regimen of Health"）一文中表露無遺，他細數各種延年益壽的養生建議，也具體指出各種可能帶來傷害的生活習慣。這可能是《培根散文集》當中最具體檢視生活細節，同時也對於老化與死亡最為真情流露的一篇文章。在文章開頭，培根就為養生之道給了明確的指示，養生是一門物理定律無法完全規範的「智慧」，這門智慧深切仰賴親身體驗與實踐，而基礎在於能否對自己的身體狀況與需求進行詳細觀察：「『觀察』就是要能夠自己找到什麼對身體有益，什麼又對身體有害，這是維持健康最好的定律」。培根此番說法，無疑是說養生之道因人而異，沒有普

世皆準的做法。對自己好的，不一定對別人適用，因此得要不時對自己的身體與生活習慣保持警覺。正因有此體認，培根間接否定養生醫療有唯一至高的權威，故無需盲目遵從所謂的名醫，找尋醫師的準則「是要找到最了解自己身體狀況的醫師」。不僅是針對自己的身心狀況，也要求每一位病人對於問診的醫師善盡觀察之責。觀察的指標不在於名氣或頭銜，而在於醫病雙方能否維持和諧尊重的互動關懷。

在飲食起居上，培根也盡量避免從優越的角度給予指導建議。例如不同年紀的標準不同，需求也不盡相同，因此無須追逐別人給予的建議，就算是自己有所體悟想要改變，也應該注意「切勿突然改變，如果非得改變不可，其他的習慣也應該相應調整」。無論是飲食、睡眠、運動、穿著各方面，如果察覺到不妥之處，最好「一點一滴慢慢改變」。如果改變之後反倒帶來不便，甚至「回復舊日的習慣」也並無不可。如此主張相當隨興愜意，各種養生方式都可以交替嘗試，無需拘泥於特定的方法。培根甚至主張「禁食與飽餐都不妨試試，但以飽食為主；守夜與睡眠都可以實行，但以睡眠為主；或坐或動皆可，但以運動為主」。儘管培根的建議看似隨性，但並非沒有原則或是沉溺放任。相反地，培根對於維護健康的建議相當一致，凡事無需過度，只要保持關切警覺，體認到自己的習性與需求，順性而為，保持身心愉悅舒暢，無需盲從跟風，就是保持健康最好的方法。

透過「觀察」建立的生命觀念

　　培根尊重個人觀察的論點，基本是建立在信任人的理性之上，認定人類具有理性思維與分析判斷的能力，在進行細膩觀察與資料搜查的流程後，能夠進行思索權衡的反覆辨證，依循經驗法則與規範定律，做出符合自己利益的最佳判斷。儘管每個人的生命經驗與加權判斷的參考基準不一，但在不受干預的前提下，都能夠做出最好的抉擇。培根的論述基礎，無疑為強調理性思維的啟蒙精神做了最有力的背書。只不過在理性分析的背後，培根的話語間還是流露對於老化與死亡的憂慮，以及對於青春健壯的眷戀。

　　在〈談青年與老年〉("Of Youth and Age") 一文中，培根使用清楚易懂的方式將老年與青年做了兩極比對，相對於象徵少年的光明、創造、想像、熱情、欲望、煩惱，老年則具有對立的各種特質：「少年適合發明而不適合判斷，善於執行而疏於謀略，適合推動新計畫，而不擅長已經定案的事務。」相較之下，「老年累積許多經驗，如果事情剛好落在他的範圍，他可以進行指導，但如果是新的事情，就容易產生失誤。」在培根筆下，年輕人莽撞衝動，犯了錯往往導致全盤皆輸，好大喜功招攬業績卻貪多嚼不爛，急於成事而忽略方法步驟，求新求變卻冒然行走偏鋒，犯了錯也不願承認改正，錯上加錯，就像是一匹失控的馬，既不停步也不回頭。然而，老年人也容易流於謀略精

算，反覆躊躇，容易自滿，不願冒險，凡事反對，卻又輕言悔改，難以戮力從事大刀闊斧的行動。

誠然，培根的描述大抵為刻板印象，難以辨證也無法檢驗，難免以偏概全。然而即便在數百年後的現代，仍反映了社會大眾普遍認為的形象：老年人善於理解，而年輕人感情意志豐沛；老年人手腕高明，年輕人富有道德勇氣。然而，培根羅列諸多對比，目的不在激發年齡對立或歧視，而是提醒不同的人生階段具有不同特質與優勢，不應獨尊某種人生狀態，而輕賤「非我族類」的年齡層。培根說，不同的年齡階段有不同的人生風景，光是緬懷過往年少，時光也不會就此停留，問題不會自動解決。因此，培根尋求兩種人生階段的結合，「任何一方的優點都可以彌補另一方的缺點」。老年人有威嚴，年輕人得人心，相互融合搭配，將會使彼此共同獲益。此外，培根論述的重點不但鼓勵融合不同生命階段的特質，更要把握時光、即刻行事，切莫蹉跎虛擲，因為青春的美貌一如夏天的水果容易腐爛，難以持久，但只要善加把握，將使德性生輝，惡行受懲。

培根另外一篇討論生死議題的文章 〈論死亡之道〉 (“On the Ways of Death” [*De Vijs Mortis*]) 直接處理死亡的恐懼。本文約於 1610 年代末期完成，後來被延伸改寫成專書《生與死的歷史》(*History of Life and Death* [*Historia Vitae et Mortis*])。雖然培根在文章開頭就表明，他從檢視植物與無生命物體的消長開始研究，目的在於延伸與修復動物的生命，但培根對於壽命持續

且近乎執著的關注，讀者都了然於心。培根耗費心思鑽研的目的，當然是為了展延人類（特別是他自己）的壽命。事實上培根也旋即表明，之所以研究氣候、住居、飲食、作息、運動、家族體質、身材條件、心理狀態、生辰星象等條件，比對各種年紀的身體狀態，並對於瀕死之人進行縝密嚴謹的臨床觀察，目的就在於「延長壽命」。

　　培根認為，維持健康的關鍵有三，一是避免耗損，二是加速修護，三是修補老化。此外，為了能夠確實掌握身體狀況，對於身體組織更新以及生理狀況發展都必須要有敏銳的觀察。細膩嚴謹的觀察與比較能力，是培根倡議的養生之道，也是貫穿全書的主軸。具體的觀測指標，必須細膩到連自然環境中同樣種類的物件，都能指出細微的差異，例如同樣是自然環境中的岩石，朝北的岩石就比面南的岩石來得容易風化崩解；相反地，南向的鐵欄杆就比北向的更容易生鏽，原因在於濕氣加速鏽蝕，而乾燥則否。

　　就方法論來看，培根承襲亞里斯多德（Aristotle，西元前384–前322年）以降的研究傳統。培根在書中反覆提及亞里斯多德，觀察能力是貫穿全書的核心方法，藉由對於自然環境中各種動植物、有生命與無生命的物件，從尺寸、重量、材質等外觀可察覺的指標進行觀測，無論是風化、受潮、崩解、腐化、生長等現象，依據邏輯循序分類，並藉此成立系統性的知識體系。

　　培根倡議的觀察能力，亦泛指對於歷史記錄的審視。他整

理歷史上的長壽事蹟，從《聖經》故事記錄的人瑞年紀來看，大洪水之前的人類普遍可以活到 600 歲，大洪水之後則銳減到 200 歲，但也都堪稱長壽，例如先知亞伯拉罕活到 175 歲，以撒活到 180 歲，約伯 147 歲，以實瑪利 137 歲，摩西活了 120 歲，就連約瑟也活到 110 歲。歷史上的君王與名人也不乏長壽例子，從畢達哥拉斯、西賽羅的年代開始，跨越歐陸多個國家，包括英國歷史上都出現過不少百歲人瑞。培根鉅細靡遺地記錄古往今來的人瑞，目的在於佐證人類長壽是歷史上經常出現的現象，無論是頻率或地點，長壽都不是罕見的特例，應該被視為生命的常態與慣例看待。培根據此作出歸納，認為北方寒冷地區的人較南方溫暖的地區來得長壽，並認為這是必然的結果，因為北方氣候寒冷，皮膚較為緊實，體液不易揮發，心神不易耗損較容易回復，就連空氣也較不具有侵略性。同理，居住在地勢較高的人活得比低窪地區的人長壽，生存在島嶼上的人比住在大陸地區的人長壽，培根據此歸納出幾個長壽的國家，英國即為其中之一。但事實上，無論就解釋的角度或是提出的例證，培根的說法都沒有太大的說服力。歷史上一直要到十九世紀的英國，才開始有官方認證的人口統計與出生證明，培根所列舉者多為無法考證真實存歿年分的人物，據以作為辨證長壽必要條件的案例，可信度並不高。

　　培根觀察的對象，還包括生活中接觸到的所有人，舉凡體型、髮色、身高等各種可供查驗比對的生理特徵，都是他觀察

的重點。根據觀察結果，培根歸納出幾個有益於長壽的生理特徵：雙親（尤其是媽媽）如果體型壯碩，孩子較為長壽；皮膚與髮色較為白皙，壽命比膚色較暗的人來得短；髮質粗獷飄逸的人，比柔軟細緻的人長壽；禿髮以及白髮並不會影響壽命長短；上半身毛髮較多的人，通常不會太長壽，下半身毛髮茂密（例如腿毛旺盛）者常為長壽之人；下半身較為發達健壯的人，比起上半身較為寬闊的人來得長壽；身材纖細者如果同時擅於控制欲念，就有利於長壽，身形肥胖則不利於長壽，但年長者不在此限；成長速度慢而穩定，身高通常較高，也會比較長壽；肌肉發達、臀型緊實、頭與身體大小比例較小、脖子長度與寬度適中、鼻孔較寬、耳朵軟骨發達、牙齒穩固、肩膀堅實、小腹平坦、手掌寬大、掌紋較少，凡此各種生理現象，均為長壽者常見的特徵。

　　此外，培根在《醫學隨筆》(*Medical Remains*) 中寫到不少詳細且精準延壽養生的建議，對於平日服食使用的佐料、飲水與膏藥給予說明，從各種成分的比例、製造步驟、存放條件、使用分量與時間等，都有極為明確的指示。以〈年輕的元素〉("The Grains of Youth") 為例，從短文標題就可看出其意圖，文中精準地指示混合硝石、龍涎香、罌粟籽、番紅花等各種天然礦物與植物分量，參雜橙花水及少量黃蓍樹膠研磨，在下午四點或是睡前服用，一次四匙，可維持青春；將牛舌草根清洗乾淨後切成小段浸泡，加入四匙硝石，和入紅酒服用，可以免除

憂慮並維持情緒清明。此外，舉凡感冒、痛風、恢復活力、振奮精神、順暢排泄、止血強心等，都有明確的成分、配方以及服用指示。培根洋洋灑灑列舉了 32 條養生指南，提點固定與適度的飲食作息，便於讀者在日常生活中反覆查詢，指示精準混雜各式礦物、植物、蜂蜜、醋、酒等各式養生飲品，重點在於保持身形精瘦、活絡欲望。這些複雜的飲品甚至還有響亮的名號，例如研磨珍珠、蟹殼以及少量石灰的「瑪土撒拉之水」("Methuselah Water")，可以預防皮膚乾燥、內臟與血液燥熱以及眼睛乾燥。除了詳盡的養生建議，培根甚至明確提出醫療上的指示，舉凡消除結石、緩解痛風、解除胃痛、促進消化等，都在敷藥、泡澡、調和藥劑各方面給予指引。培根給予的這些建議，實際療效如何恐怕無法驗證，但是為文的心意卻是相當明確：透過日常生活的飲食調養，打造健康無病痛的身體，達到養生益壽的目標。

在培根所有討論長壽的文章當中，飲食作息一直是鮮明且關鍵的決定性因素。飲食紀律嚴明的人通常擁有較長的壽命，但是飲食分量還得搭配作息調整才能獲得最大的效益。飲食量較大的人，得要配合更多的運動量與睡眠，對身體才會有更多的好處。此外，信仰虔誠、敬神畏天者，通常較能夠謹守紀律嚴明、節制欲望的生活規範，也較能夠洗滌心中過度的悲傷與怨憤，犯下的過失能夠獲得釋放救贖，也較能夠真誠感受喜悅，這些都是有利於長壽的因素。至於藥物使用的療效受到技術門

檻限制，在培根的年代，藥物難有現代化學製藥可供驗證且反
覆施作的比較基準，故培根的討論聚焦於提煉金屬與礦物物質
的冶金術，鼓勵從黃金、珍珠、水晶當中提煉有助於延年益壽
的藥品。然而殘酷的是，培根使用的藥品並沒有可驗證的療效，
因此這方面一直都不是培根的討論重點，也較少獲得後世讀者
的推崇。

　　培根生存的年代已經很遙遠，在技術與視野的重重限制
下，培根提出的建議以現代醫學的標準來看，顯得相當老舊且
有許多謬誤。簡單地說，今日重新閱讀培根討論養生益壽的論
文，重點並不在於培根講了什麼，也不在於培根提供的建議是
否有效，而是從中剖析培根的研究方法，反映出怎樣的思維模
式？呈現出什麼樣的系統性且脈絡化的價值？這些思維與辨證
的模式，不但塑造培根的「科學」建構，也串連傳統至現代的
知識論。這些共同串接的思維與價值，正是形塑我們當代的重
要資產。

培根所代表的科學、理性與生命論述

　　法國哲學家拉圖爾 (Bruno Latour) 曾說，用來界定古老科
技以及當代科技之間差異的依據，「其實不過是我們的偏見」。
意思是，我們的認知往往來自於自以為是的優越，而不是忠於
全盤脈絡的事實樣貌。今日的讀者重新閱讀培根，其意義不在
於將他定位為現代科學之父，也不在於考究為何他的貢獻在今

日受到輕忽，這些閱讀方向都無法說明培根對當代的重要性。閱讀培根的意義，在於參與摸索與試探現代的過程。許多當代習以為常用以處理科學與知識的模式，在當時都還處於混沌初步的狀態。所謂的科學，並不是準備就緒、等候人類接受的成品，而是在不斷摸索碰撞中找尋出的規律法則。因此將個別科學家壓縮成斷代的專屬產物，不但沒有辦法充分顯露全盤面向，反倒有可能將原本錯綜複雜的事實壓縮扁平。

　　培根的《新亞特蘭提斯》(*New Atlantis*) 或許正是最好的實證，這部作品在培根生前並未完結，後來以未完成的狀態出版。故事描述來自歐洲的訪客抵達虛構的賓沙林 (Bensalem)，此地的飲食與醫藥充分展現本地人對於自然環境的掌握，而訪客當中有不少人罹病不適，賓沙林人基於人道關懷，收留這批來客，並且大方提供外觀像是柳橙的水果協助抵禦傳染病。這種用來治療與防禦疾病的果實在書中反覆出現，正好驗證賓沙林擁有極為發達的醫療與護理資源，而賓沙林對於照護病人也展現極大的專業與樂趣。賓沙林建立體制化的研究機構，所羅門之屋 (Solomon's House)，該機構設立的目的，在於系統化地研究上帝所造的萬物。根據培根的描述，所羅門之屋具有學術研究、觀察記錄、療養收容、動物實驗、植物培育、實驗廚房、實驗酒廠、觀測站與診療院所等多重功能，類似於今日研究型大學設置的附設研究與醫護機構。體制化研究機構擁有龐大複雜的編制，各個組織編制肩負不同功能，例如衛生室的空間設計強

調通風對流，確保病人在此可以獲得充分的休養，迅速康復；療癒池則有先進的溫泉浸泡，有助於加速疾病治療與體能恢復；專門用來植栽醫藥用植物的花園占地龐大，種植出來的果實不但新鮮甜美，還具有顯著療效，用來對付暈船症狀特別有效；藥局販售各種自動提煉的植物藥品，所販售的藥品種類不但比歐陸多，療效似乎也較為卓越。

　　培根筆下所描述的醫療與研究機構，對當時的讀者來說並非原創。然而回顧文藝復興以降歐洲醫界的演進歷程，培根特別強調設立這些組織的原因，符合十六世紀晚期、十七世紀初期學界急於超越傳統的趨勢，例如大力推廣大體解剖研究，推動深奧的生理學研究。同時也呼應同時代讀者的想望：一旦擁有更全面、更先進的醫療技術，人類對自己的健康狀態就更能掌握。

　　培根筆下的醫療比較接近衛生與養生的範疇，而非今日的外科手術與醫藥治療。就培根的陳述，所羅門之屋的設計與診療任務，目的在於透過保養修復，達到身體健康、延年益壽的目標，亦即不生病，而不是從疾病中康復。事實上，培根的描述與當時醫界的觀點一致，稱得上是培根對同時期醫藥發展的即時回應。對於文藝復興以降的歐陸醫界來說，遠離疾病的方式，在於健康養生的飲食習慣，這也是培根寫作時，社會上主流的意見。培根筆下的所羅門之屋設有專屬的麵包工廠、釀酒廠與廚房，舉凡三餐食用的麵包、飲品與食物，全程都由專責

專業的人來操作，不假他人之手，以求獲得最好的品質。所羅門之屋製作的飲料純淨健康，擺放數年都不會變質；他們製作內含魚類與動物肉品的麵包，光吃麵包就可以獲得生存所需足夠的養分，也有助於延年益壽；就連收容所提供的食物、飲料，也都較為純淨天然且美味，相較於歐洲人的飲食標準，書中的描述顯得更為先進。

培根鉅細靡遺地描述所羅門之屋的種種飲食細節，目的在於凸顯飲食才是維持健康的不二法門，而維持健康的最終目的，在於延年益壽。研究培根的學者認為培根長期對於養生延壽的議題深入鑽研，不但廣泛閱讀討論長壽的作品，如中世紀名醫阿諾 (Arnaldus de Villa Nova) 的著作以及十六世紀中期的暢銷名作《論清醒的人生》(*Treatise on the Sober Life*)。也就是說，在培根的著作中，持續關注的議題雖然是培根個人生命經驗的關懷，但培根所賴以觀察、分析、歸納的方法以及知識基礎，並非培根一人之力所建立，而是連結知識體系，並與之激盪演繹獲得的結果。

培根在《新亞特蘭提斯》中討論知識的重大突破與未來願景，也透過書寫虛構的國度，表達他對人類的抱負和理想。培根在書中討論理想的大學，透過檢視系統化、體制化追求知識的組織架構，提出最適合也最值得追求的正是有關自然的知識，而這個議題也是全書的核心關懷。培根在生涯中多次倡議大自然就是最好的知識來源，透過對於環境生態進行系統性的解析，

循序建立人類對於自然的理解，套用培根使用的拉丁文來表示，亦即是「自然科學」(scientia naturalis)。而培根在書中提議需要透過自然科學建置的兩套知識體系，一是涵蓋天文、占星、煉金、化學、植物等領域的天然魔法，另一個則是醫學。之所以聚焦於這兩套知識體系的建置，除了重要性以及實用性的需求外，另一個很重要的考量是培根本人高昂的興趣。以醫學為例，培根將之視為一套知識體系，展現十足的熱情，主要是因為醫學至少有三個實用價值：治病、養生、延壽。

小　結

如果承襲過往的閱讀習慣，將培根視為理性思維的先驅者，我們很容易將培根對於死亡的恐懼以及對於長壽的追求，看成理性啟蒙的內化價值，是遵循規範紀律的認知模式。如此一來，培根的恐懼與渴望，就顯得像是理性表象下埋伏蠢動的非理性，在理性運作示弱的瞬間湧現。然而，如果我們依循拉圖爾的閱讀角度，則所謂「理性運作脆弱之際」則會得到完全不同的解讀。培根對於生命本質的追求，基本上依循古典醫學活力論 (vitalism) 的理論脈絡。這一套解釋生命力的科學論述，認為生命運作的能力源於非物質的能量，這個泛稱為生命火花 (vital spark) 的能量，解釋人體產生的熱以及運作的能量，造就生命的誕生與消逝。這一套主導十八世紀科學的理論，並非全無受到挑戰質疑。相反地，從理論創建之始，一路到十九世紀遭到

推翻，這一套理論的興衰，緊扣許多同時代作家的書寫關懷。所謂的科學，尤其是理解生命現象的科學，是一段不斷變異衍繹與碰撞激盪的過程，也是一段在日常生活反思的實踐。科學所映照的，是日常生活的例行實踐，是持續演化的變動流程，而培根有關老化與長壽的辨證，正好驗證這樣的觀點。

培根經常被視為意識到科學方法別具歷史意義的第一人，也是第一位思考科學在人類生活中可能扮演許多角色的人。對科學家培根來說，人文精神孕育實驗科學，科學實驗的進行，必須建立在人文關懷的基礎上；對文學家培根來說，理性辨證的思維，賦予筆下無窮的創造力，也大幅改寫人類對自己原有的定位。作為科學家與文學家，培根的寫作很成功地將老化置入理性辨證的思考當中，也將老年與老化的議題，引領至科學辨證的範疇。

機械與生命
——精密準確的生命觀與長壽論述

　　生命的動力來自哪裡？自蓋倫與亞里斯多德以降，西方醫學經典多半採信「活力論」，生命的活力像一把旺盛的烈火源源不絕，看似取之不盡，是老天爺的恩賜。可是，隨著科技進步，顯微鏡與各式研究儀器的發明，讓人類得以近距離細膩地審視身體的精密結構，並對身體開始出現不同的見解，於是生命被視為一具精密的機械，由多個細小的零件組合而成，各個零件之間的緊密扣合與連動運作，像極了一只精密細緻的錶。事實上，在十七世紀的科學革命年代以及十八世紀的啟蒙年代，鐘錶就經常被用來比喻為身體的組成與運作方式。

　　前一章討論培根的老化論述，是建立在生命活力論的理論基礎上；相較之下，本章所討論的則是立論截然不同的機械論（Mechanism 或 Mechanical Philosophy）。此套理論認為人體是一架精密的機器 (machina carnis)，身體裡的器官像是廠房裡精密的機組零件，而人體運作的方式須仰賴零件之間精密準確地同步運轉。這一門新科學受到當時最新的技術發展與視野啟發，

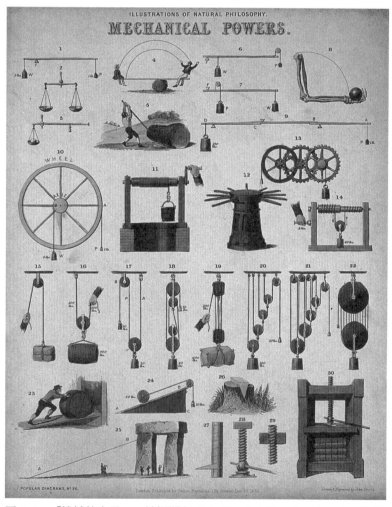

圖6-1 「機械的力量」 艾姆斯立 (John Emslie) 繪，1850 年。此圖描繪機械透過齒輪與輪軸等零件之間的連動，來達成精密、省力的目的，亦為機械論的基礎論點。

強調「觀察」與「實驗」的重要，透過實證研究取得的知識，建立起紮實的理論基礎。

在這樣的理論基礎上，許多沿襲而來的醫學傳統重新獲得理解，人體被視為一個機器體系，由精密零件環環相扣，具備精準連動的功能，猶如自然界環環相生的各種元素。機械成為自然萬物運作原理的通用隱喻，機械組成與運作的方式亦被用以闡釋過往無法解釋的現象，例如血液循環。過去被視為經典的醫學理論遭到前所未有的挑戰，原因無他，在於過往解釋生命現象時，慣於採用精神與德性等無法以科學實驗方法反覆驗證的抽象概念,已經無法跟上當代強調觀察與實驗的科學標準。

相較之下，以觀察實驗的手法，能夠針對人體的器官進行詳細的觀測記錄。最重要的是，人體的器官運作被等化為機械運行，氣管、血液、血管、消化道、脊髓等器官功能，被比喻為水管、輸送帶、試管、槓桿、齒輪、滑輪等設備，以液壓與靜水壓的概念解釋人體器官的運作。在這樣的觀念下，測量的精準度以及度量單位的標準化就變得非常重要。許多測量人體功能的單位，例如體溫、脈搏、體重，都是在這個時期建立制式的量測標準，目的在透過科學的觀察與測量方法確保人體健康。而引領這套論述的重要人物，都是當時科學界與思想界的一代巨擘，包括牛頓（Isaac Newton，1643–1727 年）、霍布斯（Thomas Hobbes， 1588–1679 年）、 虎克 （Robert Hooke，1635–1703 年）、波以耳（Robert Boyle，1627–1691 年），當然還有最為核心的笛卡兒（René Descartes，1596–1650 年）。

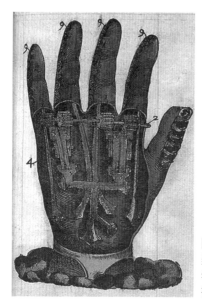

圖 6-2 「手術器械與解剖圖」 安布
羅斯‧帕雷 (Ambroise Paré) 繪 ， 1564
年。在安布羅斯的筆下，手的內部結構
被畫成如同機械一般。

人體運作如同機械

　　笛卡兒是引領這一波思潮的關鍵人物。笛卡兒對於人體的
理解並非來自哲學或憑空抽象思考，而是立基於人體解剖的生
理學理論。笛卡兒曾經學習正式的解剖方法，親自參與過多次
人體解剖，甚至近距離觀察剛被砍下來的頭顱。從解剖學習到
的知識開啟笛卡兒不同層次的思考向度，並將觀測結果帶入哲
學的思考架構中，透過人體結構與機械運作的等化連結，將人
體運作比喻為機械組件的操作。基本上，笛卡兒採用心體對立
的二元觀點進行思考，將身體與心靈視為不相容且對立的存在，

身體功能不但依循機械組件的方式運行，連自然界的萬物百態，都在機械組件互動的邏輯下運作，生命的真相也都能夠透過機械運作的角度得到解釋。即使是感官的體驗（例如眼睛看到的影像），亦是經由神經傳送到大腦而產生，此一訊息傳導的過程，正是感官接收刺激產生反應的認知過程，就本質上而言，訊息的接收、傳導與認知，都是可以用機械功能來解釋的概念。笛卡兒的理論稱得上是翻天覆地的革命式言論，他將人體結構與機械運作進行穩固的連結，從而開啟一整個世代對於機械論的熱烈研究。無論哲學思考或是科學研究，甚至對於追求現代的社會價值，都開啟了嶄新的一頁。

　　笛卡兒在《方法論》(*Discours de la Méthode*) 中提出動物為「自動機械」(automata) 的概念，認為骨骼、肌肉、脈搏等生理構造的運作，一如機械組件的連動運作。兩者唯一的差別在於，機械是人的產物，動物則為上帝所創造，雖然原理相同，但是人所製作的機械遠不及上帝造物來得精密奧妙。同樣的論點在《論人體》(*The Treatise on Men*) 中也被重複提及，由各式零件組裝而成的動物身體，之所以能夠如機械般運作，是因為仰賴神經纖維串接器官與大腦。無論是形體或運作方式，人體的構成要件可能趨近於風箱、管線、容器等各種零件；而器官運作所需的動力，也由燃燒、液壓等機械運作產生的能量來供應。

　　笛卡兒偏愛使用時鐘來比擬人體。在《論人體》中，笛卡兒細數人體的消化、排泄、運動等各種功能，並將這些功能的

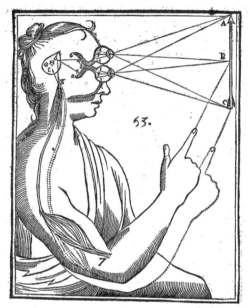

圖 6-3　這幅插圖出現在
笛卡兒的《論人體》當中，
用來解釋經由眼睛、大腦、
肢體等一連串的神經傳導
產生視覺的過程，也被笛卡
兒用來解釋身心二元論的
觀點，強調身體的感知與心
靈的感知是不一樣的系統。

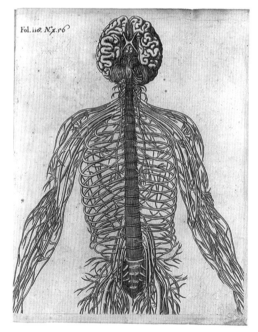

圖 6-4　笛卡兒在《論人體》
中將人體的大腦感知與神經
傳導畫成精密的示意圖，用
以解釋在所有經驗中承襲的
身體感知，都來自於猶如機
械一般精準的神經傳導。

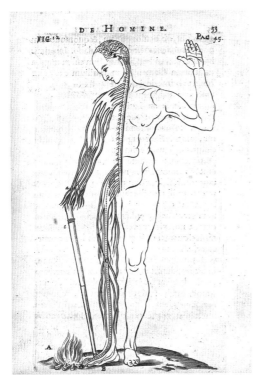

圖 6-5　笛卡兒解釋知覺產生的傳導路徑　腳旁的火源是疼痛產生的肇因，腳接觸到燃燒中的火源後，疼痛的感覺一路經由身體傳導至大腦，啟動命令驅動手部的神經系統，利用手中的柺杖將疼痛點的火源移除。

整合，比喻為一部組合精妙且合作無間的時鐘。在討論個別功能與器官的範疇中，笛卡兒沿用這類隱喻，例如呼吸的反覆性像是時鐘的周期往復；又或者像心臟與循環系統的運作過程，是所有器官與連結通道的體系結合，正如時鐘隨著齒輪重量、速度與相對位置而連動運轉。

　　許多跟身體無關的議題與觀念，笛卡兒也藉由時鐘譬喻迅速連結概念。談到人獸之間的差異時，笛卡兒以時鐘為例，儘

管動物的本能反應極為精準,但卻不能解釋成動物比人類具有
更高等的能力,好比時鐘的內部構成零件不同,性能也會有所
差異,藉此點出不可受到外觀誘導的道理。又如審視時勢、從
局部便能預測整體走向的涵養,就像是有經驗的鐘錶匠只看到
單一零件機組的運作,就能判斷整具機組的狀態。笛卡兒的理
論在英國以及歐陸各地發揮深遠的影響。以英國為例,在劍橋
大學許多教授的大力推崇之下,以及透過迪比(Kenelm Digby,
1603–1665 年)的著作《論身體與人類靈魂的不朽》(*Of Bodies
and of Man's Soul to Discover the Immorality of Reasonable
Souls*),笛卡兒的機械論被帶入英國,並成為學界注目的焦點,
除了科學與哲學,也擴大至政治哲學的發展,影響到霍布斯、
洛克(John Locke,1632–1704 年)等人的理論(見本章後續)。

　　機械論在英國學界的影響,還可以從波以耳的研究中一窺
究竟。波以耳跟許多當時重要的科學家一樣,終其一生都是虔
誠的教徒,信仰是科學生涯的助力,而科學研究是為了驗證上
帝的偉大。世人對於波以耳最深刻的印象,應該是他發現的波
以耳定律(在定量定溫的條件下,氣體的體積與壓力成反比)。
不過,另一個影響深遠的發明,則是他進行氣體研究所研發的
一系列器材,在另一位傑出科學家虎克的協助之下,波以耳設
計出能夠抽離空氣、製造真空狀態的空氣泵。隨著波以耳的實
驗大受歡迎,製作空氣泵的技術益發成熟,成為科學家得以巡
迴展示實驗的工具,透過將空氣抽離,觀察各種生物在真空狀

圖 6-6 「空氣泵裡的鳥實驗」 英國國家畫廊收藏。作品中的真空空氣泵在當時是相當吸引民眾目光的嶄新發明,除了造價昂貴、數量有限,更因展示的視覺效果驚人,往往引來許多民眾的好奇,成為巡迴演出的壓軸展示。

態中的反應。英國畫家萊特 (Joseph Wright,1734–1797 年) 於 1768 年完成的大作「空氣泵裡的鳥實驗」,將環繞空氣泵實驗的好奇與緊張做了維妙維肖的呈現。在昏暗的空間中,一家人齊聚一堂觀賞科學實驗的進行,畫面中央的空氣泵透過壓力,將玻璃缸裡頭的空氣抽取出來,而空氣泵裡頭的鸚鵡,即將因為人類的好奇而死去。畫面右下角兩位倍感驚恐的小女孩、好奇驚訝的婦人、充滿期待協助拉窗簾的男孩,以及在昏暗光線

下強烈對比的視覺反差，使得這幅畫作廣受喜愛。這幅畫目前收藏於倫敦的國家藝廊，持續向世人展示這個年代人類對於實驗的熱愛，以及對於科學機械的著迷。

根據醫學史巨擘波特（Roy Porter，1646–2002 年）的研究，自笛卡兒以降，將人體視為機器的想法，引領這個時期許多令人興奮的研究。大力推廣機械論的科學家，可能非巴格利維（Giorgio Baglivi，1668–1707 年）莫屬。與本時期的主流科學家一樣，巴格利維倡導機械論理論以及使用顯微鏡觀測的核心理念，他提出器官的固體組成比液體成分更重要的推論，無異於直接反對傳統的體液論，並為其終身信仰的生物機械論 (biomechanicism) 辯護。巴格利維的著作儘管以拉丁文寫成，卻廣受讀者熱烈迴響，被翻譯成義、法、德、英等多種語言，並且再版多達二十次，是推廣物理醫學 (latrophysics) 的一大功臣。巴格利維言簡意賅地替生物機械論下了明確的定義:「人體自然的運作，是一連串化學與機械相互牽連的作用，仰賴的基礎全都是數學的定律」。

突飛猛進的科學研究發展

儘管起迄的年代容有爭議，但約莫在十七世紀中至十八世紀末，這段科學史上的關鍵年代普遍被稱為「科學革命」(the Scientific Revolution)，是歐陸頂尖科學家大鳴大放的黃金時期。只不過「科學革命」這個說法有些爭議，因為同時期的科學家

未必遵循相同的假設，彼此的差異與爭執不小。另外像是機械論與活力論的基本路線之爭，過去一面倒認為兩個路線對立互斥，卻也在此時的許多頂尖科學家身上看到互相強化的現象。因此用統括式的名詞稱呼，並不能真正呈現這個時期多點齊放的真正樣態。

儘管名詞使用上有疑義，但「科學革命」時期各家學者紛紛提出創新觀點，改變並開啟世人對身體構造的認知，卻是不爭的事實。義大利、比利時、荷蘭、瑞士、普魯士、法國、蘇格蘭與英格蘭的科學研究紛至沓來，例如瑞士的海勒（Albrecht von Haller，1708–1777 年）在神經纖維的重大突破，蘇格蘭的卡倫（William Cullen，1710–1790 年）在神經與精神疾病方面的研究，蘇格蘭的布朗（John Brown，1735–1788 年）利用減少頻率的方法降低刺激，治療遭受過度刺激所引起的人體失調與病痛，英格蘭的百度司（Thomas Beddoes，1760–1808 年）試圖利用氧氣的輸送治療肺結核等。這些理論之間或有差異，但基本上都是將人體視為由諸多元件組成的複雜系統，且由於外部刺激導致體內功能變化。透過將可操控的外在因素適度調節，來治療並恢復人體這部繁雜多功能的精密機械。

造就新科學重大突破的兩大關鍵，一是顯微鏡的推廣，另一個則是人體解剖的重大進展，此兩者堪稱科學革命與啟蒙精神的兩大基石。一方面，重視觀察的訓練源於實驗設備的突破性發展，根據波特的說法，在落實觀察實驗與推廣機械論上，

顯微鏡扮演了極為關鍵的角色。光學顯微鏡在這個階段取得重要突破，性能提升、體積大幅縮小，使顯微鏡成為便於攜帶且易於負擔的儀器，因此被廣泛地運用在各個領域的知識拓展。紅血球、精蟲在顯微鏡底下的活動，震撼了許多觀測者，也開啟實驗的研究視野。另一方面，強調實驗的精神則呼應本時期重大的醫學研究，人體解剖在顯微鏡加入後取得重大突破，研究者能夠觀察以往無法看見的細微構造，也得以讓人類重新理解自己的身體構造與功能。

　　義大利的馬爾皮吉（Marcello Malpighi，1628–1694 年）是當時最有名的顯微解剖學家，他大量採用顯微鏡進行一連串針對肝臟、皮膚、肺臟、脾臟、大腦與腺體的器官研究，大大增進人類對於人體器官運作的理解。為了紀念他的貢獻，有許多器官、組織的名稱以馬爾皮吉之名命名，例如位於腎臟、一般稱為「絲球體」的組織，也普遍稱為馬爾皮吉氏體 (malpighian corpuscle) 或馬氏小體。

　　同樣是義大利的生理學家波雷利（Giovanni Borelli，1608–1679 年）在著作《論動物的行動》(*De motu animalium*) 中，詳實記錄如鳥的飛行、魚的前進等運動中的肌肉收縮，並利用物理力學的概念解釋運作原理，例如呼吸過程是以機械式轉換將空氣透過肺打入血液中，而肺臟等呼吸器官便是一整套運送空氣的機械。此外，波雷利也透過顯微鏡的操作，觀測血液成分以及植物氣孔。除了醫學，波雷利也精通數學、物理學，以及

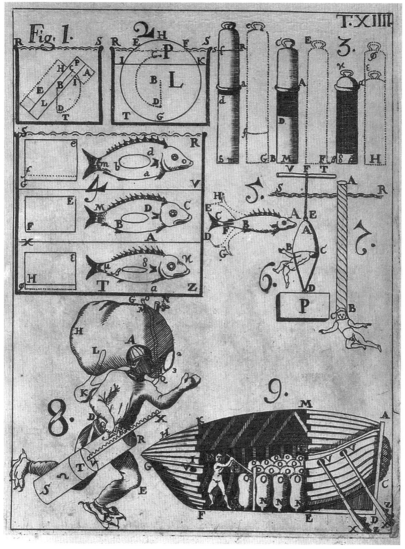

圖 6–7　《論動物的行動》中的插圖　波雷利利用力學原理解釋描繪各種動物與人體時肌肉與骨骼系統的連動狀態，例如力距、力臂、槓桿運作等觀念，類比推展至關節的運作。

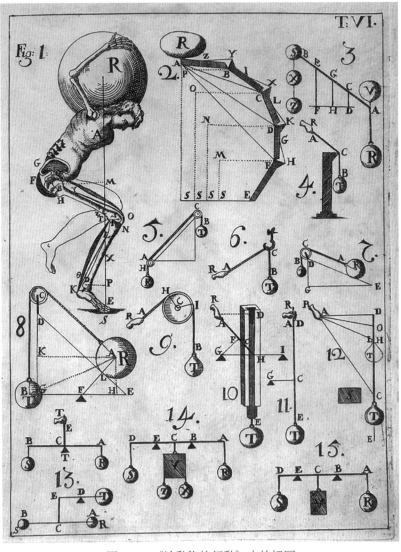

圖 6-8 《論動物的行動》中的插圖

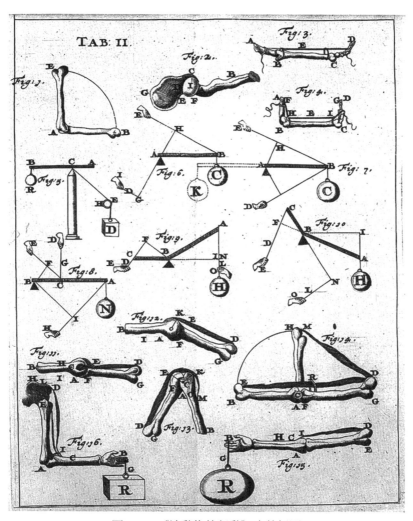

圖 6–9　《論動物的行動》中的插圖

機械論的應用，儘管出身義大利比薩，卻能長年獲得瑞典皇后的資助。

除了顯微鏡與解剖學的重大發展，物理與化學的進步也功不可沒。以物理學為例，流體物理學被運用到人體運作上，就此改變人類對於血液循環的理解。執教於荷蘭萊頓大學的布爾哈夫（Herman Boerhaave，1668–1738 年）認為機械組成人體的說法過於粗糙，遂提出流體力學的概念，認為人體是由血管與氣管等許多管線構成的引流網絡，人體的各種體液存放在這套網絡中，並且透過管線路徑輸送流通。這套網絡在身體健康的時候運作順暢無礙，但是一旦輸送緩慢、滯留甚至阻塞，就會造成各種病痛。布爾哈夫的研究取得空前成功，也獲得來自歐洲各國的肯定，在成為萊頓大學校長之後，又接連入選法國科學院與英國皇家學會。更重要的是，布爾哈夫的個人成就帶動以他為首的學派發展，成為學界口中的布爾哈夫學派，跟隨他的弟子陸續成為醫學界重要領袖，萊頓大學躍升當時歐陸首屈一指的大學，而萊頓則成為「世界的醫學中心」。布爾哈夫當年用來實驗的解剖室，被改為博物館，並以他命名，以表揚其成就。而荷蘭國內只要是稍具規模的城鎮，都會有一條以布爾哈夫為名的街道。

布爾哈夫除了物理學的應用外，也大量進行化學研究。根據流體力學的解釋觀點，人體的血液一如輸送管線內的液體流動，但是這並不能解釋為何血液可以迅速凝固，也無法解釋某

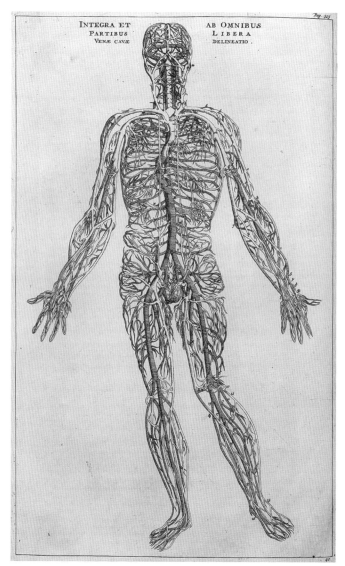

圖 6-10　由布爾哈夫整理的人體內通道解剖圖，十六世紀安德烈·維薩里（Andreas Vesalius，1514-1564 年）所繪。

圖 6-11　布爾哈夫編撰的《物理學講座論集》(*Sermo Academicus, de Comparando Certo in Physicis*，1715 年)　　十七世紀的荷蘭富裕強盛，對科學的學習需求相當大，但一直苦於沒有合適的教學材料。布爾哈夫被萊頓大學任命為第一任的化學教授後，情況開始有所轉變，他將數學與物理融合於化學的講座引發熱潮，據說有人曾將上課內容謄寫成筆記，還引發搶購，令布爾哈夫相當不滿。這幅版畫描繪布爾哈夫講課時，座無虛席的盛況。

些血液相關的疾病。為了理解背後原因，布爾哈夫導入化學的觀點研究，兩種學問跨界整合，也獲得空前的成功。

　　當代稱之為化學的研究領域，在精神上與操作上接近於煉金術 (alchemy)。瑞士的醫師帕拉賽斯（Paracelsus，1493–1541年）是倡議煉金治術的專家，也因為他大力推廣觀察優於理論通則，被視為這一波科學革命的先驅之一，對後世的生物化學以及毒物學有所啟發。活躍於今日比利時一帶的醫師海爾蒙特（Jan Baptist van Helmont，1580–1644 年）則終生致力於排除神秘與宗教的元素，避免神秘難懂的哲學概念，推廣實證觀察與實驗的理念，是發現空氣中有多種氣體元素的重要人物。他的重要著作《醫學的源頭》(*Ortus Medicinae, vel opera et opuscula omnia*)，在他死後由其子編輯並多次再版，提出化學為生命基礎的理論，具有相當大的影響力。書中將化學應用於理解消化道的運作，指出人體體溫為化學發酵的作用原理，來解釋食物經由發酵進入人體的過程。同樣以化學研究為機械論做出重要貢獻的，還有普魯士大學以化學聞名的霍夫曼（Friedrich Hoffmann，1660–1742 年）。霍夫曼嚴謹尊奉波以耳創立的實驗方法，確認燒炭排放的一氧化碳對人體的危害，後來他當選英國皇家學會院士，其成就同樣獲得跨國界的肯定。霍夫曼對於人體健康的見解，與前述幾位專家並無二致，同樣強調機械的運作與生理的功能要能夠取得完美的和諧，如此方能確保身體健康，或恢復過往的狀態。

從「修復」身體到「製造」生命

　　以機械組成與運作的觀點來思考生命，在科學革命的年代獲得極大的進展。此時期開啟的嶄新視野具有相當大的感染力，歐陸各國百花齊放，展現旺盛的創新突破，或許可從下列兩個重要的研究路線看出端倪：一是科學家企圖藉由組裝精密機械，模擬真實生物的生命形式；另一個則是科學家企圖透過科學實驗的外部刺激（例如藉由化學或是電力），試圖操作生命體。

　　用精密機械模擬真實生物的代表，當屬法國科學家沃康松（Jacques de Vaucanson，1709–1782 年），他藉由紮實的解剖研究，試圖打造出模仿消化、呼吸、循環等有機運動的仿生機器。沃康松自幼學習精密機械的製作，後來認識外科名醫並學習解剖，開始對生命的構造產生濃厚興趣。在接觸到以機件運作解

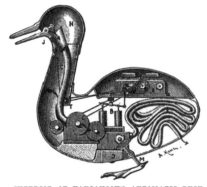

INTERIOR OF VAUCANSON'S AUTOMATIC DUCK.
A, clockwork; B, pump; C, mill for grinding grain; F, intestinal tube;
J, bill; H, head; M, feet.

圖 6–12　沃康松打造的「消化鴨」　內部包含發條、泵、穀物研磨機、腸道等構造。

釋生命現象的機械論學說後，沃康松萌發自行設計、研發組件並模擬生物器官運作的念頭。

1737 年，沃康松的事業有了重大突破，他在設計出可以端菜、打掃的家務機器人，以及能夠自動演奏短笛與鈴鼓的機器人之後，推出成名代表作「消化鴨」(the digesting duck)。消化鴨是科學工藝的極致表現，光是一隻翅膀就用了四百個可活動零件，揮動起來維妙維肖；內臟材質也首度採用橡膠製作，還能像真的鴨子一樣進食、消化並排泄（但其實消化鴨進食與排泄的物品並不相同，而是預先將研磨過的穀物放進隱密夾層中）。

儘管消化與排泄的功能後來被證實是個精心設計的騙局，但並沒有影響大眾對消化鴨的瘋狂喜愛，普魯士國王腓特烈大帝（Frederick the Great，1712–1786 年）甚至還想出價買下這件奇珍藝品。更重要的是人類開始大膽思考：如果生命的本質是機械，那麼只要熟知機械運作的原理，透過觀測動物臟器的運作，科學家們就能在精密設計下，運用槓桿、齒輪與軸承等機械零件製作出具有仿生功能的機械，如此一來，人類將取得「造物者」的至高地位。

在機械、物理、化學之外，電力也成為驅動仿生機械的重要思考方向，且以義大利醫師賈法尼（Luigi Aloisio Galvani，1737–1798 年）的實驗最為人所知。賈法尼大膽提出將電力導入生物體內運作的假設，開啟另一種想像。賈法尼將青蛙腿鋸下並綁上鉛線，通電之後青蛙腿開始顫動，藉此確認肌肉與神

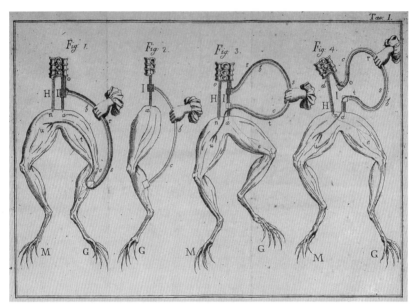

圖 6–13　蛙腿通電實驗　一般認為賈法尼在解剖實驗時使用帶電荷的銅製解剖刀，觸碰放在鐵盤上的青蛙，蛙腿因而產生抽搐，且過了一段時間仍持續不停。賈法尼因此提出有名的推論：電能源於活的肌肉，使蛙腿抽動的是青蛙本身的動物電，而二種不同的金屬則是蛙腿放電的導體。賈法尼的說法引發科學界論戰，後續又啟發了化學電池的發明。

經元的動作與電力有關，進而推論電力是生命動力的一部分，開創電生理學 (electrophysiology) 的嶄新研究。賈法尼將此重大發現出版為《論肌肉運動中的電力》(*De Viribus Electricitatis in Motu Musculari*，1792 年) 一書，啟發同時期包含伏打 (Alessandro Volta，1745–1827 年) 在內的多位科學家。而賈法尼的研究，也開啟小說家瑪莉・雪萊 (Mary Shelley，1797–1851 年) 的想像，寫出了《科學怪人》(*Frankenstein*)。

圖6-14 1831年出版的《科學怪人》書前插圖 弗蘭根斯坦利用死人的肢體,成功拼湊人造人,但因其長相過於怪異,弗蘭根斯坦竟拋下人造人不管, 逃避他應該面對的責任。「科學怪人」描寫科學技術的可能性:只要零件組合正確且有動力驅動,就能打造出活的生命體。

圖6-15 1935年電影 「科學怪人的新娘」劇照,人造人的形象已被定型,比小說插圖更加怪異、驚悚。

科學革命、國家主權與集體生命

將生命視為機械的見解，深深地影響到科學革命時代對於人文思潮的走向。簡單地說，自笛卡兒以降，機械論被用來解釋國家的創立以及國家主權的行使，並闡述國家之間的衝突，如霍布斯的政治哲學就深受啟發。霍布斯自年少起就開始遊歷歐洲各國，一直到六十歲都還經常因擔任貴族教師的身分周遊各國，也因此深受風行歐陸的機械論思潮影響。

霍布斯承襲笛卡兒的感官刺激論，認為世界萬物是由物質構成，皆為運動狀態下的物質，也因此一切知識的建立，甚至是自我認知，都是累積自感官經驗的結果。同樣的說法在洛克的著作中也能見到。洛克認為人的認知如同白紙（或是使用洛克的文字，一塊白板〔Tabula rasa〕），並非與生俱來，而是藉由後天感官接收以及經驗累積，方能建立身分、記憶等功能。

霍布斯的物質論否定先驗與精神層面的意義，而以物質層面的角度來解釋事件的肇始與結果的因果關係。延續這個見解，霍布斯認為上帝造人，人類作為上帝最完美的創作品，成為後續創作世界萬物的基礎，世界萬物皆以人類為觀摩標的，也以模仿人類為最終目的。因此如果人體是一座複雜精密的機械，那麼世界萬物也都遵循著機械運轉的原理。霍布斯同樣使用「機械」(automata) 的概念來描述生命，「生命不過是一連串肢體的運作」、「跟手錶一樣，藉由鏈條與齒輪的帶動而自行運轉」。在

這樣的邏輯下，心臟被比喻為彈簧，神經被視為鋼索，關節就是齒輪，全身都在機械組件緊密的牽連互動下運作。就這個角度來看，由機械組成的生命，具有人造人的概念。

霍布斯最重要的著作《利維坦》(*Leviathan*)，內容雖講述國家權力的起源以及社會契約論，但其理念無疑是建立在笛卡兒機械論的基礎之上。串連多人身體的集體生命，例如國家與聯邦就是統整許多個別身體的集體身體，具有大型人造人的概念。國家與聯邦在個別組成單位的緊密配合下，完成複雜細膩的動作，且因集結眾人所以力量極為強大，也因此更具合理與迫切的正當性來執行保衛自身安全的任務。在這個集結眾人身體的大型人造人當中，「主權是人工靈魂，賦予全身生命與動力；行政長官以及各級職司法務與執行的官員，就是人造關節；主權權力下賦予各式獎勵與懲戒，所有的官員、人民與團體都在規範下善盡職責，跟人體的神經一樣執行同樣的工作」。

顯微鏡下的生命書寫

醫學史家瓦丁頓（Keir Waddington，1970 年- ）認為，解剖學在自然科學（或是使用當時的詞彙「自然哲學」）以及道德哲學（也就是倫理學）之間建立了一道橋梁。解剖引領人類進入過去未知的領域，對於人體的知識自此達到前所未有的透徹與精準。但其實不只是科學與醫學，對於文學書寫來說，這一道橋梁也是了解自己生命狀態的關鍵渠道。透過解剖，人類對

身體內部的理解有大幅進展，進一步用新的視野來審視自我的身體。儘管人體解剖的重大發現並無法顛覆傳統框架，醫學仍舊依附在傳統訂立的規範之下，但藉由顯微鏡等儀器的幫助，過去肉眼無法確認的，現在都已「眼見為憑」，使得文學創作也開啟不同的方向。

十七世紀最有名的詩人之一鄧恩（John Donne，1572–1631年）以機智詼諧的十四行詩聞名文壇。在他的作品當中，經常透過極為不和諧、不合理的比擬，大膽地將兩個衝突的概念串連在一起，來陳述他時而尖銳、時而戲謔的見解。鄧恩寫了不少傳世的名詩，當中有些是求歡之作。例如在 1633 年發表的名作〈跳蚤〉（"The Flea"），他就將跳蚤比喻為愛情的殿堂，用這般突兀的明喻開場，企圖給閱讀者耳目一新的震撼。這首詩的目的是求歡之用，詩人要表達近乎死纏爛打的追求行動，文字措辭自然有許多明顯的性暗示。只是在表層的意圖下，我們也不應忽略這首詩所展現出來接近解剖研究般精準細膩的觀察能力。

首先，詩人要愛人「仔細看好這隻跳蚤」（Mark but this flea)，接著要愛人留意「我們倆的血液在跳蚤身上交合了」(in this flea our two bloods mingled be)，兩人的血液「我們的血合而為一，跳蚤也因充血腫脹」（pampered swells with one blood made of two)。這邊的「腫脹」或許暗示受精懷孕，但也跟跳蚤的生理結構有關，詩人注意到跳蚤除了吸血口器，還有占據身

體相當大比例的腹部，以及吸血前後的體型變化。詩人接著說，這隻跳蚤成了兩人結合的殿堂，「我們在此相遇，在這活跳跳的黑色牆壁裡頭聚合」 (we are met, and cloistered in these living walls of jet)。這段文字不僅描述跳蚤吸血之後的身形變化，也間接證實詩人對於跳蚤吸食血液後體內的流向有相當詳細的觀察。以體長約莫三公釐的跳蚤來說，比起肉眼，更可能透過光學儀器才能仔細觀測。也就是說，鄧恩用來求歡的知識基礎，很可能是使用顯微鏡觀察的心得。

　　鄧恩此詩固然是神來一筆的奇作，但如此驚奇的發想不全然出於作者個人才情，而可能是長時間浸淫在科學知識盈沛的環境中所習得的涵養。鄧恩的詩作中多次提及煉金術〔如〈愛的煉金術〉 ("Love's Alchemy")、〈聖露西節夜遊〉 ("A Nocturnal upon Saint Lucy's Day, Being the Shortest Day") 等〕、解剖〔如〈對世界的解剖：第一週年〉 ("An Anatomy of the World: The First Anniversary")，詩中還密集出現結核、憂鬱、昏迷、骨架、腐敗、畸形、淨化等科學詞彙〕等主題。儘管鄧恩並未受過嚴謹的科學養成教育，但是從他詩作中的思考、觀看視野，仍證明其與當時盛行歐陸的科學知識緊密同步。跳蚤是一個鮮明的例子，誠然鄧恩是藉由跳蚤闡述個人欲望，但是跳蚤確實是當時歐陸科學家爭相觀察、研究的對象。

　　十七世紀的科學家為顯微鏡的操作制訂通行規範，並透過大量的研究記錄，發表許多圖文並茂的圖鑑、刊物，將顯微鏡

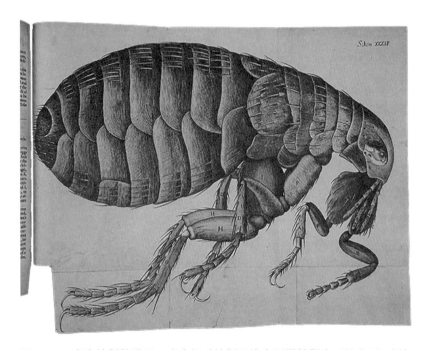

圖 6-16 虎克繪製的跳蚤 虎克親手繪製了許多顯微鏡觀察下的畫面，例如
昆蟲的複眼、軟木結構等，展露相當高超的藝術天分。透過顯微鏡，虎克對
跳蚤進行前所未見的詳盡觀測，從身體構造、各部關節到腿肢上的觸鬚、倒
勾等都一覽無遺，並費心為跳蚤的身體結構進行編號，有助於所有觀測者進
行統一化、標準化的交流。

推廣成知識分子熱愛的儀器，其中貢獻最大、知名度也最高的，
莫過於英國科學家虎克。虎克在牛津大學期間擔任波以耳的研
究助理，並在其引薦下進入皇家學會擔任實驗負責人，儘管這
個工作不支領薪水，卻讓虎克因緣際會接觸到複合鏡片設計的
顯微鏡，這個創新的發明，後來成為虎克畢生最大的成就。虎

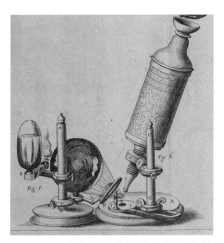

圖 6-17　虎克繪製的顯微鏡運作方法
虎克擅長研發、改良實驗設備，許多他
經手調整過的機械設計，至今還被普遍
沿用。此圖中的顯微鏡設計即為虎克改
良，利用火焰產生的光，透過裝滿水的
玻璃球，再經凸透鏡折射至載物臺。

克除了是第一位觀察細胞的科學家，也是第一位發表關於顯微
鏡專門著作的科學家。他在 1664 年發表刊載多張圖片的《顯微
術》(*Micrographia*) 一書，當中刊載多幅親手繪製的圖片，大半
透過夾頁對折附在書中，讀者可以攤開完整大圖，享受極大的
視覺震撼與獨特閱讀體驗，使本書一時蔚為風潮。《顯微術》當
中最廣泛引起注意的圖片便是跳蚤。鄧恩用來誘騙愛人上床的
跳蚤，在三十年後藉由虎克之手，終於向世人展示牠的真面貌。
　　虎克將顯微鏡下觀測到的跳蚤身軀詳盡描繪出來，並以極

大的篇幅印製在紙本上頭，徹底反轉跳蚤在人類心目中的尺度與重量：過去渺小的蟲子，現在看來是「結合力與美的生物」。在顯微鏡下，跳蚤的鱗片像是武士層層堆疊的鎧甲；巨大的雙眼位在頭的兩側，似乎對外在世界一覽無遺；修長有力的腿看來靈活矯捷，隨時都能進行大幅度的彈跳；而使用口器吸血的過程，更是虎克觀測記錄的重點。透過顯微鏡與大圖印刷放大的視覺經驗，跳蚤頓時成為讀者心目中不討喜的陌生巨獸。除了跳蚤之外，螞蟻、蒼蠅、塵蟎、霉菌、苔蘚等日常生活中唾手可得的各式動、植物，都在顯微鏡之下被放大觀測，成了「最熟悉的陌生生物」。

　　對於畢生成就皆與顯微鏡相關的虎克來說，透過這部儀器獲得的觀察能力，是所有科學技術當中最根本也最重要的。顯微鏡開啟了一個未經探索的世界：

　　　　有了顯微鏡之後，再小的東西都看得到。也因此，我們
　　　　看到一個前所未見的新世界。

　　這種全新的能力，也帶來全新的觀察視野與思考模式。詳盡細微的觀察能力，成為一切科學的根本：

　　　　事實上，自然科學長久以來淪於結合大腦與幻想的成果。
　　　　是時候了，該要回歸對於物體與外觀的觀察，清楚直接，

公正詳實。

顯微鏡大大增強肉眼觀測的能力，甚至全盤改寫科學視野。過去的科學實驗觀察僅能透過肉眼進行，然而顯微鏡徹底推翻過往的感官體驗，科學家不但得以重新丈量「肉眼所見的世界」，也啟程前往過去「看不見的新世界」此一全然未知的領域。

我將鄧恩的詩以及虎克的科學研究放在一起討論，就時間排序來說，鄧恩的詩作早於虎克的研究發表，不過這並不意味著文學的創新走在科學研發之前，而是代表兩者相輔相成的前進過程。想像的能力容易開發，但想像的世界往往需以真實的物質為基礎。鄧恩將腦筋動到跳蚤身上絕非憑空發想，而是在詩人創作的文化脈絡中，已對生活中微小事物的窺探累積了相當大的好奇。相對來說，科學儀器的研發既是人類在想像層面的願望落實，也是在物質層面上對於現有技術的串接與延伸，同樣建立在真實的物質基礎之上。科學的研究開啟人類想看得更多、看得更清楚的願望，文學的創作也滿足、強化這樣的期待。文學想像結合顯微鏡的發明普及，深入生活各個層面重新檢驗。文學想像與科技研發並不存在孰先孰後的爭議，而是兩者相互牽連、互為強化的結果。

機械論與老化論述

根據西方醫學傳統，身體各部位與外在環境之間達成平衡，

就可以維持身體機能的正常運作。也就是說,無論是肉體上、精神上或是道德上,健康就是平衡的成果,疾病則是失衡的後果。為了保有平衡的狀態,在飲食作息與健康養生各方面調整,都會對身體健康有直接貢獻。但即便有適當的養生保健,身體能量終究會有消減衰退之時,就如同旺盛的火爐在燃燒殆盡後也會緩步降溫。建立在活力論之上的老化觀點因此有兩個努力目標,一是盡力維持身體狀態的平衡,另一則是減緩火力耗損的速度。這樣的理論依據,是科學革命之前西方醫學對「老化」的主流見解。

在科學革命提出機械論之後,西方社會對於老化的觀點是否受到影響?如果精密的身體一如機械組成,在理想狀態下,正常運作的身體可以跟機械一樣進行高效率、完美契合的運作。問題是無論機械也好、人體也罷,老化都是無法迴避的生理現象,如果機械在長年運作下需要保養維修,甚至汰舊換新的話,那人體這座複雜的機械又該怎麼辦?尊奉機械論的科學家與哲學家們,則是如何看待老化的呢?

機械論的架構,建立在將身體等化為機械的概念上,人體是一具大型機械,身體各部位的器官則是零件,人體老化等同機械零件老化。笛卡兒有關老化的生理轉變論述延續了機械論架構,他在《人體的描述》(*Descriptions of the Human Body*)當中提出人體由固體(骨頭、肌肉、神經、組織等)與流體(血液、體液等)組成,固體來自細小的分子,分子來自纖細的纖

維，流體則在固體構築出的管道中流動。無論是固體或流體都需要營養滋養，來保有運作順暢的彈性。在這套遍及全身的脈絡中，器官由循環的血液時時刻刻直接供給養分，並維持變動狀態，唯一的差別是，流體的變動速度比固體快。

　　全身組織不斷變動，除了是營養成分不斷供應各部位運作的解釋，也說明身體各部位在持續運轉摩擦的狀態下，變得更緊密或壯大的結果，而這也是機械論用來解釋成長與老化的理論依據。笛卡兒說，身體組織在年輕的時候持續成長，體液與微血管的流通順暢，組成固體的分子之間也尚未緊密黏著，所以能夠跟液體一樣維持極大彈性，脂肪分子也不易囤積而導致發胖。只不過身體終究會停止成長，持續運轉的機件效能也在高峰後開始下降，體液的流動趨緩，分子與纖維硬化，不易得到養分滋潤，各部位的機件損失彈性與光澤，人體開始步入老化，無法迴避。

　　老化的陰影始終籠罩著笛卡兒，對於老化的關懷誠然是自然哲學興趣的延伸，但一部分也出於自身的關照。笛卡兒以開玩笑的口吻點出老化與記憶衰退的連結：「我得要在記憶衰退之前做好，把我過去研究中值得記錄下來的資料，分門別類建立系統化的分類。」

小　結

　　客觀與精確的科學如何看待人體？科學是否能夠幫我們更

深入了解老化與生命的樣態？科學是否能夠有效幫助我們獲得
更為健康、更為長壽的生命？引領科學革命的機械論，以截然
不同的概念與語言開啟生命現象新視野，啟發科學家以全新角
度觀看自我的身體；機械論也提供一套新方法，協助人類重新
檢視生命本質，啟發一整個世代的人類重新思索老化的現象與
生命的意義。就這個角度來說，因機械論而生的價值觀，如笛
卡兒珍惜生命、把握時光的態度，其實與過往沒有太大差距。

啟蒙時代最大的貢獻，是在傳統的活力論之外另闢蹊徑，
將生命與機械的意義混合，強調機械般的精準明確。培根的老
化理論以活力論為基礎，笛卡兒、波以耳、霍布斯等人的觀點
則具體呈現出機械論的核心關懷。兩派思考各擅勝場，也以不
同角度開啟我們對老化的討論，很難論斷何者較正確，也難以
評判何者具有較大的影響力。至於在活力論與機械論兩端擺盪
的老化想像，則在進入工業革命這個重大的歷史轉變後，激盪
出更具創見也更為猛烈的衝擊。

第7章／*Chapter 7*

工業革命與老年
——維多利亞時代的眾生群像與老化

　　不同時代看待老年的方法可能大不相同。愛荷華大學教授泰瑞莎‧曼鞏 (Teresa Mangum) 認為老年是「文化」的產物，拿我們與維多利亞時代（1837–1901 年）的人們相比，兩者看待老年的眼光就有很大的差異。她認為在維多利亞時代，人們並不像現代人這般拘泥於歲數，當時用來判定老年的標準有二，第一個是心理上的挫敗潰縮，第二個則是生理上的舉措樣貌。也就是說，維多利亞時代的老年由主觀感受以及行為能力兩種基礎樣態建構而成，共同的判斷標準是：當事人覺得自己「老」了才算老。

　　維多利亞時代的老年論述，是在立基於「惡化」與「退化」的病理標準上，同時施加主觀感受的判定。若當事人在生理上並未出現衰退徵兆，心理上也還保有積極動力，以當時的標準來看是否就不算「老」？如果這個命題成立的話，那麼當時的老化標準，是否包含主觀認知與他人感受的判定？

　　本章將討論維多利亞時代人們對健康、長壽的論述與追求，

並檢視狄更斯（Charles Dickens，1812-1870 年）的作品，看這位當時最重要也最受歡迎的小說家如何敘述老化，以從中論證社會各界對於老化多元並陳、兼容並蓄的習性。

與時俱進的老化觀

毫無疑問地，老年並非維多利亞時代的專屬產物。但是維多利亞時代的人們對於老年研究投入大量關注與要求，深入研究老化的真相，也形塑我們現今對於老化的理解。維多利亞時代熱衷於探究各種再現與體驗老化的方式，一如本時期的文學創作以及醫學典籍所揭露的現象：這個時代首創標定退休年紀以及請領退休年金的制度操作，以年齡作為衡量，啟發普世共享且一視同仁的標準。這個時代也目睹老年地位的改變，過往農業社會因累積資產而受到崇尚的老年，在工業社會講求效能、厭恨虛耗的價值觀下淪為衰落。老年正式接受國家體制與法制的定義，成為社會組成的分類標準之一，這個年齡層的組成分子特別強調安養照護需求，因而轉化為家庭、社會的負擔，不再具有以往的地位與影響力。誠然，維多利亞時代並未憑空發明老年的概念，卻是我們面對老化、理解老化、接觸老化的關鍵轉折。這個時期的老化論述影響我們對老化的觀點，卻也限制了我們對老化的想像。

維多利亞時代的社會面臨激烈且全面性的變革，過往農村經濟仰賴的生產與投資方式，在十九世紀工業化社會的影響下

發生轉變，傳統上面對生命的方式亦遭到顛覆，連帶改變了人們如何理解老年，使得老年的處境更為弱勢。過去的經濟實力與社會地位，往往與持有土地、累積資產等方面相關，且多經由長時間累積而獲得；家族資產的分配繼承，也取決於輩分高低、頭銜等因素，年齡往往決定繼承順位，年長者因此較具優勢。但是到了維多利亞時代，再也不是由年紀與輩分來決定競爭力，專業能力成為決定經濟能力與市場價值的標準。大量農村人口移動進入都會區尋求工作機會，年邁雙親對於成年子女的控制權顯得相當薄弱，土地繼承權不再是吸引年輕世代返鄉的誘因。隨著鄉村土地不再誘人，家族資產的繼承與年長雙親的安養脫鉤，老人在家族內的影響與地位隨之下滑，老年的意義也變得不那麼明確。

根據社會學教授昆塔諾 （Jill Quadagno，1942 年– ） 的說法，十九世紀的英格蘭正面臨從「原始社會」到「文明社會」的轉型，過往所謂「老化的黃金年代」(Golden Age of Aging) 的美名也遭到遺忘。「老化的黃金年代」是指社會上每個人無論地位高低都有適當的位置，也承擔相對應的責任，年齡是區分「位階與順序」的唯一條件。依此論點，十八世紀與十九世紀的區隔除了時間斷點、產業模式等元素外，還有浪漫時期美好年代與現代化工業文明兩者之間截然不同的老化觀。生產方式的改變導致老年人地位持續下滑，老化的意涵遂取決於不同條件下的物質面狀況。

「老化的黃金年代」這個概念相當具有爭議，例如研究老年的歷史學者奧塔維 (Susannah R. Ottaway) 就十分反對這個詞彙。奧塔維認為，如果「老化的黃金年代」勾勒出一幅家族中長者備受擁戴、老有所終、禮遇尊榮的美好畫面，那麼它其實是「含糊不清、多愁善感且蒙蔽誤導」的描繪。事實上，所謂「老化的黃金年代」並不存在，我們應該極力避免依循單一價值來建構老化的文化論述，對於不同角度、不同觀點下所看到的文化、經濟、社會各面向，要抱持著兼容並蓄的雅量。不論是緬懷過往歲月的懷舊情愫，或是檢視當代環境的物質條件，「老化的黃金年代」本身就是文化、社會與政治的產物，既被環境限制，也受主觀意象引導，是一個定義與操作都相當具有彈性的名詞，在刻意操控的情況下，甚至可能演變成「極度樂觀」或「極度悲觀」的兩極化發展。

也就是說，老化並不只是生理現象，更屬於文化認知的層面，其概念是不斷變動的。任何探究老年意義的嘗試，都需要檢視其生成的文化脈絡。我們如何找尋自己的地位？以什麼樣的方式檢視？這些選擇的背後都受到文化的深遠影響。面對衰老的生理變化要能夠即時調適，方能對老化議題適時、適度的回應。如有必要，甚至得抗拒主流文化中標準化、模組化的規範。理解老年是整合人文研究、媒體研究、社會科學，進而重新檢視老年的形象如何在作品中被呈現的重要方法。我們很可能要先拆除傳統領域壁壘分明的界線，重新整合，建立互助互

惠、相互依存的生存模式。就研究方法來說，要建立醫學與文學對話互助的管道，透過文化理論觀看醫學操作，並藉由醫學論述的資產開啟文學研究新視野。老年研究的新視野與新格局，很可能就在多元論述與多重研究方法的匯集下，獲得嶄新的研究能量。

就本質上而言，文學研究具有適用範圍廣且彈性大的特色，無論是系統架構或主題關懷，都很有可能為老化研究開啟多元包容的路徑。文學書寫充實了論述架構，對於書寫風格、屬性具有決定性的關鍵影響。就許多方面而言，在論述框架確認之後，剩下的就是每一位作家各別帶入的才情與風格了。例如維多利亞時代的小說篇幅、架構都相當巨大，顯示出讀者傾向貶抑流動緩慢且沒有事件串接的時間觀。如果將時間體驗視為一種寫實主義的形式，則漫長的閱讀過程也是一種真實呈現。套用研究此時期文學作品的學者傑烏蘇亞 (Jacob Jewusiak) 的話，維多利亞時代的小說 「在形式上慣於忽略老化經歷的漫長過程」，導致老年經驗受到排除的意識形態形成。

除了作品長度與閱讀時間等形式上的考量之外，小說在劇情發展與主旨關懷的呈現上，都證實了老年議題之深奧複雜，具有哲理思索的深度與厚度，絕對足以開發成重要的研究議題。文學創作所仰賴的想像力，將主觀的感受投射到現實生活中，藉由鋪陳，使老化的困境在最敏感、最尖銳的情境中開展，我們也得以藉此更深入理解探究。 倫敦藝術大學講師紀霖

(Hannah Zeilig) 認為，文學處理老年議題的手法，可以維持在虛構的想像層次，「揭露老年深層的矛盾，以及主要多為負面的生命體驗」；但也經常將議題設定成「直接面對老年議題、老化經驗、老後生活等複雜多變的層次」。總的說來，文學絕對有能力經營虛構層面以及現實層面中的老年議題。萊斯特大學講師芭芭拉‧米茲妥 (Barbara A. Misztal) 倡議 「文學老年學」(literary gerontology) 的概念，提出文學作品有轉化的潛能，得以「克服各種有關人們感受、感官、情緒與關係的限制」，並能夠開展「一套嶄新且獨特的老化經驗」。

米茲妥提出的「文學老年學」概念，或是更為廣義的「文化老年學」(cultural gerontology)，兩者都點出老年在論述當中生成的面向：老年可以是言詞與認知的產物。正因老年是語言論述、社會政策與文化操作所共同建構而成，所以從體制面強化、鞏固文化價值，從真實生命裡的人物群像著手，並從中建立普遍適用的特性，就顯得重要。正如作家凱倫‧雀斯 (Karen Chase) 所說，「唯獨『新世代』才有能力創作新的舊時代」。只有在工業化、現代化、都會化的過程中，人口組成巨幅轉變，才有可能產生如此全盤且持續的劇烈變動。以英格蘭為例，工業化開啟內部移民的腳步，年輕人湧入大城市找尋工作，造成「鄉村老化」的具體結果，「體制化照護的年代正式降臨」。尤其在都會區的濟貧院與療養院，成了老人專屬的收容機制。

圖 7-1　「黃昏」，馮‧赫科默 (Hubert von Herkomer) 繪，1878 年，英國沃克美術館 (Walker Art Gallery) 收藏。此圖為倫敦西敏地區的濟貧院場景，畫面中多為老婦人，她們閱讀、喝茶、從事針線活，描繪維多利亞時代老年的集體生活。

狄更斯的老年書寫

當社會以體制化的照護機制來應對老年議題時，文學小說則創造出高辨識度的角色來回應真實社會，當中的佼佼者非狄更斯莫屬。狄更斯的作品廣受歡迎，讀者眾多且流通量大，他筆下角色的形象鮮明且知名度高，年齡與性別遍及各個領域，男女老少皆有。狄更斯並非以描寫老年角色見長，但在許多文學作品中老年角色闕如的情況下，狄更斯所創造的老人確實經典。

狄更斯向來以勾勒扁平人物著稱，這些角色形象鮮明，風格顯著，使小說閱讀起來增添了許多樂趣。事實上，儘管狄更

圖 7-2　晚年的狄更斯照片

斯描寫了許多主角從小到大的故事並備受喜愛，但是他也創造不少雋永的次要角色，當中就有幾個令人印象深刻的老人。《馬丁‧朱雀爾維特》(*Martin Chuzzlewit*) 當中，莎拉‧甘普 (Sairey Gamp) 這名年長的女性角色被狄更斯描述為體型肥胖、聲音粗獷、隨身攜帶雨傘的大老粗，雖然工作是護士兼產婆，但做事向來邋遢成性、輕忽隨便，還經常酩酊大醉，與南丁格爾所塑造的護士形象（講究專業、潔淨與紀律）大相逕庭。據說這個角色確有其人，靈感來自狄更斯身邊的友人。甘普太太後來成為全書當中最受讀者喜愛的角色，影響所及，甚至讓小說中經常出現、辨識度甚高、體積巨碩卻大而無當的棉布傘被以「甘普」之名稱呼。狄更斯授權此部小說改編為舞臺劇，在 1844 年盛大演出，並由當紅的喜劇演員湯馬士‧曼德（Thomas Manders，1797–1859 年）反串飾演甘普太太。

　　另一位廣受歡迎的老人角色貝蒂‧海登 (Betty Higden)，出現在狄更斯最後一部完成的作品《我們共同的朋友》(*Our Mutual Friend*)。狄更斯將貝蒂‧海登描述為一個細心呵護兒童的保姆，雖然又老又窮，但總是熱心扶助孤兒。貝蒂‧海登一直都害怕自己將孤苦終老於濟貧院，這股深層的恐懼在罹病之

圖 7-3　甘普太太　此圖由基德(Kyd，
本名 Joseph Clayton Clark，1857–1937
年) 繪製，他曾創作過許多狄更斯筆下
角色的插圖。

後爆發，使她即便抱病也決意逃離濟貧院，最後流落至鄉間過
世。儘管莎拉‧甘普與貝蒂‧海登這兩個角色差異頗大，但透
過狄更斯在作品中的勾勒呈現，仍帶來相當顯著的效果：藉由
清晰鮮活的老者塑造，點出當時代老人「遭受遺棄的恐懼、遭
受體制拘禁的恐懼、物質條件遭受剝奪、判斷認知能力退化、
難以釐清的責任與歸屬問題」等安養問題。

　　在狄更斯的作品中，亦不乏舉止惡劣，以侵奪剝削為樂的
老人。《孤雛淚》 (*Oliver Twist*) 當中竊盜集團的賊頭老大費金
(Fagin) 就特別令人印象深刻。 費金透過兒童集團得手不義之
財，但對待手下卻非常小氣，角色塑造充滿對猶太人的刻板印
象。故事中流落街頭的小孩被費金誘惑、逼迫，學習在路上扒
竊有錢人，以換取費金提供的安身處所。費金領導的惡勢力無

圖 7-4　基德繪製的費金

所不在，每每在主角崔斯特 (Twist) 有機會回歸原生家庭的時候，集團黨羽就會出現，打亂崔斯特認祖歸宗的進度。貪財暴虐的費金代表製造衝突不斷的惡勢力，也是全書高潮迭起的關鍵。故事的結局，費金被捕並公開定罪處刑，惡有惡報，正義獲得伸張。

狄更斯用來描述費金的文字相當直接、負面，甚至可以說是帶有幾分反感。費金被形容成「噁心的爬蟲」(a loathsome reptile)、「他的利齒跟狗或是老鼠一樣尖銳」。他手下的小扒手對他敬畏有加，背地裡講到他的時候不直呼名諱，一律都稱他為「老頭子」(the old one)。此外，由於費金的猶太人身分，狄更斯也不客氣地追加幾項刻板印象：小氣、刻薄、自私、貪財。將這些設定加總起來，費金自然成了一個相當不討喜的反派老先生。

費金這個角色看似扁平，卻充滿許多矛盾與衝突，性格反覆劇烈，是值得深入細究的角色。首先是語言在表面字意與使用意圖上的衝突。崔斯特識人不明，在流落至倫敦街頭之後，竟稱呼領頭的費金老大為「老紳士」。老江湖費金當然也沒有錯

過這個機會，他反過來稱呼崔斯特「親愛的」。這樣的語言使用反映雙方社會經驗的懸殊落差。崔斯特天真無知，涉世未深而不知江湖險惡，且能夠確實掌握的語言有限，把所有人都視為好人，心裡頭想的未經修飾就直接說出口。相較之下，費金的狡猾世故使得他經常口是心非，「親愛的」 是他交談慣用的詞彙，是他狡猾建立人際關係的伎倆，對外一律如此稱呼對方，表面上先拉近關係示好，再打量評估是否有利用的價值，但真實的動機沒有人知道。費金的老，顯示在他的老成世故，在他的老來貪得，在他的狡猾善變。

圖 7–5　由科魯克香克 （George Cruikshank， 1792–1878 年） 繪製的《孤雛淚》原版插圖，這是費金與崔斯特初次見面的場景。最左側的老人即是費金。

　　費金這角色另一個令人玩味的地方，是其存在點出了社會體制的殘酷剝削，不因身分與手段是否正當而有所差別。費金雖然長年帶領集團犯案，小說中最大反派賽克斯 (Bill Sikes) 還是費金一手調教出來的高徒，但費金收留許多孤兒，提供吃住，看似卻有幾分講究義氣的江湖大哥作風。即便費金的目的在於利用這批孤兒，而非照料看顧孤兒的成長，但是他手下的孤兒在城市裡頭不至居無定所，生活雖不寬裕但也非三餐不繼，日子過得比在濟貧院裡頭還更有尊嚴。相較之下，體制內濟貧院對待孤兒的態度，卻顯得相當冷血殘酷。例如故事開頭年幼的崔斯特捧著碗，天真地開口跟濟貧院的長官討飯吃，「先生拜託，我還可以多吃點嗎？」或是狐假虎威的邦博先生 (Mr. Bumble)、棺材店老闆娘索爾貝瑞太太 (Mrs. Sowerberry) 等人，都是清一色假仁假義，靠著販賣濟貧院孤兒賺錢，以合法的方式剝削際遇更悲慘的人。雖然費金確實是個狠毒的壞蛋，情緒轉換相當極端，只要交付任務失手，便會換來一頓毒打。但相較其他正道人士，費金反倒大方許多，至少這個惡棍角色沒讓孩子餓肚子，也沒躲起來喝酒吃肉。費金雖然壞，卻反倒表裡如一，似乎還保有些許人性。

　　費金的老，老得很有角色深度。狄更斯用心呈現費金的老，以及這個角色的性格與作為，很有技巧地帶出強烈的社會批判。同樣都是老，費金的老有江湖味，手段兇狠，貪婪妄為，但是邦博先生與索爾貝瑞太太的老，卻老得很世故虛偽。相同的是，

兩方都以侵奪剝削更為苦命的人為樂，這也是狄更斯拿手的辛辣諷刺，這些角色老來累積的人生智慧，看來全都用來欺負年輕人了。畢竟，這終究是個狗咬狗的殘忍世界。

在狄更斯創作的老人角色當中，知名度最高、最受歡迎、也最具爭議的，應該非《小氣財神》(*A Christmas Carol*) 莫屬。狄更斯在這本發行於 1843 年聖誕節的小書當中，創造了可能是他筆下名氣最大的一個角色：史古基 (Ebenezer Scrooge)。名氣之大，甚至連他的名字還成了字典收錄的單字，意義就是他最廣為人知的特質：小氣、吝嗇、守財奴。

從小說開始，史古基尖酸刻薄的特質就一覽無遺，狄更斯是這麼介紹他出場的：

> 他是個極端吝嗇的人。一個壓榨、掠奪、搜刮、攫取、貪婪的老惡棍！如打火石般的無情刻薄，沒有鋼鐵能夠在這塊打火石上劃出慷慨的火花，隱密、封閉、孤單得跟牡蠣一樣。他內心的冷酷，使得他的老臉蒙上一層寒霜，足以凍傷鼻子，臉頰發皺，步態僵硬，眼睛發紅，薄唇發青，也使得他說話的聲音咯吱刺耳。他的頭跟眉毛都沾染一層白色薄霜，連瘦而結實的下巴也有。他一向隨身攜帶特有的低溫，他在大熱天可以冷凍辦公室，連到了聖誕節也不願意上升一度。

　　這段文字瀰漫著典型的狄更斯風格，挑明將史古基的刻薄連結到天氣的寒冷，尖酸挖苦卻又字字到位，文句生動、畫面鮮明活躍。史古基的孤僻被狄更斯拿來跟天氣相比，「溫暖的天氣無法溫暖他，嚴冬的天氣無法凍結他，他比寒風更刺骨，比冰雪更寒冷，比大雨更無情」。走在路上，人人避之唯恐不及，沒有人願意跟他問候打招呼。加上平日苛扣助理薪資，對唯一的親人外甥也異常冷漠，對待窮人的態度更是冷酷，揶揄濟貧院的窮人是過剩人口，這些窮人就算死光了也不可惜。正當所有人都忙著準備跟家人共度聖誕節，史古基卻一點也開心不起來，因為他痛恨聖誕節，更痛恨聖誕節象徵的意義：慷慨、寬恕、關愛、仁慈、喜悅。這些溫暖的特質跟他的冰冷陰森形成強烈的對比。

　　這一切都在聖誕夜有了改變。入夜之後，已故生意伙伴馬里 (Jacob Marley) 的鬼魂前來拜訪，告知接下來將會有三個鬼魂接續前來，這三個鬼魂分別是聖誕節過去、現在與未來的幽魂，分別警示史古基，如果繼續現在吝嗇陰險的生活，將來的日子將會有更大的苦難。第一個幽靈來自過去，提點史古基心中永遠的遺憾與悔恨；第二個幽靈來自當下，告訴史古基吝嗇與貪婪會對身邊的人造成傷害，包括他聘用的伙計可能會因此喪失兒子；第三個來自未來的幽靈則提出警告，如果再不改變，史古基的未來，將眾叛親離孤獨死去，只剩下一座無人聞問的墓碑。

　　史古基受到這番嚴峻的景象震撼，懇求幽靈給予他機會自新。醒來之後，史古基痛改前非，改變他過往吝嗇苛刻的惡習，開始接受外甥的邀訪，也給予聘用的伙計合理薪資，並且變得樂於慷慨捐助慈善機構。史古基的名聲開始獲得翻轉，原本令人厭惡畏懼的老守財奴，變成樂善好施的溫暖老人。

　　儘管在小說開頭描述史古基的負面用詞之尖銳、嘲諷力道之猛烈，確實是典型狄更斯辛辣諷刺的筆觸。不過，狄更斯真正的用意是要點出，正如他的小說中總蘊含翻轉社會階級的可能性，生命形象的特定意涵也可以改變。這些原則性且象徵性

圖 7-6　1843 年《小氣財神》原版插圖，馬里的鬼魂前來拜訪史古基。約翰・里區（John Leech， 1817–1864 年）繪。

的寓意，並非一成不變的僵化意涵，而是可因個人主觀意志與
行為模式改變，遭到徹底的翻轉與改善。也就是說，狄更斯對
於老化的看法，以及他呈現老化的手法，呼應了維多利亞主流
的老化觀，老化不是齊頭平等，也並非一成不變，而是在主觀
認知與他人感受兩個端點當中游移，因人、因時、因地制宜，
而且是即時調整的流動狀態。

反映時代焦慮的小說

在維多利亞時代當中，老化愈來愈被視為即將發生的危機。
隨著時間流逝，社會大眾對於人口老化伴隨著的恐懼與不安變
得更為急迫，人口老化的議題變得更為嚴峻，個人健康也變得
更為脆弱。這不只是個人層次，也屬於集體想像的範疇，即便
少數人樂觀不以為意，也無法改變社會集體對於老化的深層焦
慮。維多利亞時代社會各界尋求對付老化的方法，對於預防老
化顯示出濃厚的興趣，不過熱烈嘗試卻導向正反兩極的結果，
一方面開啟社會追求青春的熱情，另一方面也使社會大眾陷入
深沉的焦慮當中。更重要的是，維多利亞時代對於老化焦慮的
回應，清楚地反映在他們集體的行動當中，套用作家西斯 (Kay
Heath) 的話，便是將小說視為「承載文化的貨櫃」。隨著識字率
提升以及印刷普及，閱讀與創作小說成為舉國參與的共同娛樂，
而小說對於老年角色的描繪，也成為投射老年處境以及預告社
會問題的最佳媒介。以狄更斯為例，他在 1830 至 1860 年間的

小說創作，集中呈現男性的老化經驗，像是老光棍持續追不到女朋友，要不就是透過老夫少妻的設定強化男性焦慮。狄更斯的小說世界裡對於老化有相當一致的氛圍，不但呈現老後人際關係與自我認知的變化，挑戰老後得要面臨的全新人際互動，更要面對步入老年時被剝奪的談情說愛的權利。

老年的概念受到社會氛圍所塑造成形，透過鮮明的文字、論述、圖像，打造個人與集體的記憶，不但將老人的特質定型，也強化某些特定的行為模式與人格特質。文學書寫向來慣於歌詠美好的青春歲月，讚頌青春美麗的軀體與神采。不過，文學書寫對於老邁衰退的陳述，也展現同等的抗拒與厭惡。社會行為愈是展現追求青春的熱情，也就愈反映出對於老化衰退的焦慮與絕望。

老年是文化與歷史脈絡交錯建立的概念，這樣的論點有助於我們理解老年在當代社會的真實處境，也有利於我們分析現代化社會中老年具有的潛力。文化如何詮釋老年的意義，社會如何包容老化的身體，仰賴的不只是醫學科技的能耐，還有文化與社會的內涵底蘊。老年當然不是疾病，但是人們看待老年的態度卻很容易讓人覺得老化與疾病無異。即便是力求中立客觀的科學操作，也會有視野與角度的問題，隨著觀察角度與思考價值有所調整，結果就會產生差異，看待疾病如此，對待老化亦然。醫學看待疾病的角度與觀察診療的能力，不僅受限於醫學技術，也與文化上如何定義疾病有關。這也是社會學家凱

茲 (Stephen Katz) 批評將老年侷限在醫學領域的最大著力點。也就是說,老年的問題不能只是從醫學的角度來檢視,因為老年所遭遇的是全方位的變化,如果將討論的層面限縮在生物與心理層面,這樣的處理方法本身就是一個「臨床上的問題」。

維多利亞時代,老人形象從備受尊重的熟齡,轉化為不受期待也不值得喜愛的孤獨老人。這個轉換不僅在小說的推波助瀾下劇烈成形,在根本上也受到醫學研究決定性的影響。就某個角度而言,在醫學論述加入討論之後,反倒為文化論述中可能帶來的汙名進行背書。而在老化研究納入臨床醫學的範疇之後,老年人口也成為醫學研究的對象接受研究評估,老年的各種生、心理狀態被評斷為正常或異常,一如其他受到醫學診療評斷的各種生命狀態。維多利亞時代的醫學發展,很可能為老年的醫學化,打下了知識介入的厚實基礎。

小　結

老年是所有人都需要面對的議題,即便你現在平安無恙,也得要面對未來可能遭遇到的問題;即便現在年輕力壯,也得要面對生活周遭中步入老年的人,可能是自己的父母親長,可能是一同工作的同事,也可能是每天問候的鄰人。隨著生活環境與醫療技術改善,平均年齡增長,老年人口占總人口比例愈來愈高,老年的議題變得更為普遍。面對老年、理解老年、回應老年,成了所有人都無法逃避的議題。理解維多利亞時代的老

年，除了幫助我們理解老年議題的起源，也可以協助我們思考
在不同時空環境下面對老年的方法。正如老年的議題不會一成
不變，環境時空與物質條件不同，面對老年的方法也會不一樣。

　　維多利亞時代討論老年的方法，放置到當代可能已經不合
時宜，但依舊保有啟發思考與批判理解的價值。時空環境的影
響通常都是潛移默化，身處其中不易察覺，但往往透過換位思
考，可以透過別人的眼光看出自己的問題，從自己的角度比對
過往案例呈現的優勝劣敗。過往的年代並不一定比較美好，但
是過往的案例，卻可以提供思考當下的絕佳契機。由當代看維
多利亞，由維多利亞反思當代，或許可以更清楚我們面對的問
題以及盲點。即便維多利亞時代的老年論述有許多虛構杜撰之
處與不可考的環節，卻都有助於思考老年的議題，思索我們面
對的現況，我們的社會結構，我們的文化價值，以及我們有限
生命裡頭無窮盡的人生議題。

　　就老年研究的實質發展來說，維多利亞時代是一個關鍵的
年代。維多利亞時代首見人類生產方式與財富分配的巨幅轉變，
老人的社會地位產生前所未有的轉變。此外，隨著人口普查的
推行、退休年金制度的設立，老年被納入人口政策制訂時的重
要考量。老年人的社會地位大不相同，老年也不再是傳統承襲
的那個老年，而一切激烈的轉變，都可以在狄更斯筆下找到珍
貴的思考，也開啟後世作家接續省思老年在工業社會下嶄新的
意涵。

《老人與海》與焦慮
——海明威的老年與男性氣概書寫

　　在二十世紀的作家當中，美國作家厄尼斯特・海明威（Ernest Hemingway，1899–1961 年），很可能是最為臺灣讀者所認識、知名度最高、作品最受到廣泛閱讀的作家之一。這當然有很大的原因是拜作家本人鮮明的個人形象所致：修剪整齊的大鬍子、深邃的眼神、在打字機揮灑或是在桌前振筆疾書、甚至許多從事戶外活動的照片，讓海明威以帥氣、有智慧的形象深植人心。此外，作家的知名度居高不下，也跟資本市場的商品行銷有關，例如以作家聯名販售的名牌鋼筆，在市場上受到大量炒作，價格上漲數倍不說，還帶動系列產品的銷售。儘管作家已經辭世多年，在臺灣出版市場中，海明威依舊受到讀者熱烈擁護。

海明威的個人形象

　　海明威深受讀者喜愛的原因當然還有筆下文采。就某個角度來說，海明威文如其人，風格鮮明、簡潔俐落，短篇小說堪

稱二十世紀作家當中的佼佼者，深受各界文壇肯定。作家著名的風格，包括文句準確精簡、俐落紮實、直率客觀、避免使用無謂的修飾詞、生活化的用語、洗鍊的動詞串接、簡潔有力且突如其來的

圖 8-1　海明威

爆發性對白，也經常成為讀者學習模仿的對象，這種明快有力的風格，經常被譽為「海明威風格」。雖然文句簡短且追求平行、重複、一致的效果，刻意迴避複雜文句，也不追求華麗詞藻與繁複修飾，但是質樸真實的文句，反倒讓平凡真實的場景與對白，迸發出十足的後座力。這種在行文中極盡簡潔的手法，又被評論家稱為「冰山理論」(The Iceberg Theory)，只將一部分的細節在文中披露，剩餘的部分留待讀者探索發掘，使得海明威的短篇小說後勁十足，也被認為是海明威的短篇小說比長篇小說更為出色的關鍵。

　　海明威精彩的故事靈感，與他遊歷世界各國的經歷有很大關係，許多他深愛的地方，都成為催化他鮮明作家形象的背景。直至今日，海明威依舊與這幾個著名的景點劃上等號。

　　第一個地方是巴黎。一次世界大戰結束後，年輕的海明威短暫回到美國從事記者工作。在意識到自己的天分與熱情之後，

海明威決定專職寫作，毅然放棄了記者工作，並前往巴黎嘗試寫作，結果一試就住了八年（1921-1928 年）。巴黎的生活讓他結識許多當代重要的作家，最早的作品也在此創作並獲得出版機會。這一段不算短的時間，大大開啟海明威的視野，戰後的巴黎匯集許多對西方文明大感失望的作家，當中有鼎鼎有名的喬依斯（James Joyce，1882-1941 年）、龐德（Ezra Pound，1885-1972 年）、費茲傑羅（F. Scott Fitzgerald，1896-1940 年）、史坦（Gertrude Stein，1874-1946 年）等人，這當中不少作家被泛稱為「失落的一代」(The Lost Generation)，普遍對世局迷惘悲觀，迷失自我且放縱生活，其價值觀也大大影響海明威的寫作走向。如他所言，「如果你夠幸運在年輕的時候待過巴黎，那麼巴黎將一輩子跟著你」，海明威在巴黎期間養成的創作風格與主旨關懷，確實一路跟隨海明威的寫作生涯。

　　不過更多讀者對於海明威的巴黎記憶，恐怕來自於他晚年寫下的回憶錄《流動的饗宴》(*A Movable Feast*)，這本書幾乎成為旅客到巴黎深度旅遊的觀光指南。年輕時的海明威很窮，跟新婚妻子只住得起沒有供應自來水的舊公寓，但他在巴黎走過的地方，例如莎士比亞書店、丁香園咖啡館、雙叟咖啡館、塞納河畔、盧森堡公園、萬神殿等，都成了觀光客按圖索驥的目的地。更妙的是，儘管貧窮且經常得忍受飢餓，海明威在巴黎喜愛的飲食卻也成了讀者追尋仿效的目標。事實上貧窮的海明威筆下的巴黎美食一點都不便宜，他流連忘返的咖啡館所費

不貲，更別說他經常寫到的牡蠣生蠔、冰鎮白葡萄酒、麵包、香腸、烤雞與沙丁魚。根據書上的描述，海明威的食量並不小，即便忍受飢餓，但該對自己闊綽的時候可從沒小氣過，只是往往苦了讀者，閱讀時得經常忍受各種想像中的法國美食誘惑。

再來是美國佛羅里達群島最南端的基威斯特島 (Key West)，他在 1931–1939 年間居住於此。世界各地的海明威愛好者每年都會聚集於此參加著名的「海明威節」(Hemingway Days)，在長達一週的系列活動中，有靜態的紀念品與書稿展示、模仿海明威文筆風格的短篇小說競賽、打扮成海明威形象的「酷似海明威比賽」(Ernest Hemingway Lookalike Contest) 等。除此之外，還會舉辦三天盛大的垂釣活動，參賽釣手會將戰利品倒吊在碼頭的懸掛架上，捕獲最大馬林魚（又名旗魚、槍魚）的釣手，還可以獲得五萬美金的獎賞。至於為什麼是馬林魚？為何活動要舉辦三天？這是根據《老人與海》(*The Old Man and the Sea*) 書中的描繪，老人跟比船還大的馬林魚搏鬥三天三夜。

另一個與海明威有深刻關連的城市，應該是古巴的哈瓦納。因為地緣與大量移民的因素，古巴與佛羅里達淵源深厚，從佛州前來古巴，也只要一個半鐘頭的飛行時間。海明威在此定居長達二十多年（1939–1960 年），即便古巴與美國交惡之後依舊如此。海明威與太太在哈瓦納近郊置產購屋，養了十多隻貓，並且將寫作獲得的獎盃、參與釣魚與狩獵獲得的紀念品都存放

圖 8-2　海明威一家人與懸掛在碼頭的馬林魚

在這裡，也在此創作許多作品。海明威愛上古巴熱門的拳擊，甚至戴起手套上場比賽；有名的古巴雪茄大廠也發行以海明威為名的專屬雪茄；當時罹患糖尿病的海明威為了減少糖份攝取，要求酒保幫他特製調酒，廣受酒友擁戴的「海明威‧戴克瑞」(Hemingway Daiquiri) 就此誕生。海明威在哈瓦納時期留下的手稿當中，還有一份親自撰寫的漢堡食譜，在牛肉絞肉中添加九種香料，大大慰藉海明威在古巴的旅居歲月。此外，哈瓦納中國城的中餐料理，也深受海明威喜愛。

　　除了巴黎、基威斯特、哈瓦納之外，每一個他居住過的城

市，都留下許多與他有關的遺跡。位於密西根州的避暑小屋，是海明威童年成長的地方。第一次世界大戰期間，海明威親赴義大利戰場擔任戰地救護車司機，位於米蘭的醫院是他受傷療養的地方，也是他愛上護理師庫勞斯基 (Agnes von Kurowsky) 的地方，海明威的親身經歷後來成了長篇小說《戰地春夢》(*A Farewell to Arms*) 的素材。海明威的非洲壯遊以日記與散記的形式撰寫，筆下壯闊的非洲原野風光引人入勝，更重要的是海明威在兩次飛機墜毀意外中存活，甚至參與風險甚高的獅子與大象狩獵，又強化他本人克服病痛、勇敢征服異地、追尋夢想的形象。從參與西班牙潘普洛納市 (Pamplona) 的奔牛節開始，海明威瘋狂愛上鬥牛，認為鬥牛是結合力與美、智慧與膽識的絕妙藝術，據說他曾觀賞超過一千五百場鬥牛，親自參與兩次以上的鬥牛。海明威還將參與奔牛節的旅程與鬥牛場面，設定為《旭日又升》(*The Sun Also Rises*) 的重要情節。即便在人生最後的落腳處，愛達荷州的太陽谷 (Sun Valley, Idaho)，海明威依舊保有旺盛的活力，狩獵與垂釣是他在此處最愛的戶外活動。

　　行文至此，若不特別停下來說明，可能您會以為我要介紹作家旅遊與飲食軼事，以一本討論老化的專書來說，好像有點牛頭不對馬嘴，這篇文章會不會放錯地方了？您的疑惑很正常，但我如此安排其實有特別用意。海明威鮮明的個人形象，從招牌的落腮鬍與卡其衣服裝扮，到他熱愛的棒球、拳擊、狩獵、釣魚、鬥牛等，無一不是極具男性氣概的剛猛形象。海明威不

但在兩次世界大戰後樹立清晰的個人風格,在美國夢褪色之後,也重新建立新的追尋夢想與勇於拓展的新典範,在向來崇尚幽雅風範與溫文氣質的文人當中,其鮮明形象也是文學史上少有的特例。從現存的照片看來,海明威不走托腮沉思的文藝風格,過度曝光與大光圈散景的沙龍照不是海明威的路線。在野外場景拿著獵槍與獵物合照,或是戴上拳擊手套參與肉搏戰,熱愛戶外活動與運動競技、蓄著滿臉落腮鬍,陽剛氣息才是讀者熟悉的海明威。即便是創作中的形象,海明威也以在原木風格的書桌前伏首疾書的樣子,保有粗獷豪爽的風格,甚至還留下一張工作照片,以遠處群山浮雲為背景,用厚實原木桌上的打字機寫作。海明威的寫字桌以簡約精鍊、堅固耐用聞名,一如海明威文筆風采,桌面上除去所有不必要的裝飾,抽屜的空間與數量也減到最低,以利於專心閱讀書寫。

就連海明威喜愛的美食,也與生猛陽剛的氣質脫不了關係。海明威每次叫上一盤 10 個大牡蠣,搭上白葡萄酒滑下胃囊的豪爽痛快,除了生蠔濃烈的海洋氣息,牡蠣向來給予人們增進男性雄風的印象,也增添食物與作家的遐想。除此之外,大雪茄、厚實漢堡、特製雞尾酒,種種在作家筆下活靈活現的飲食經驗,都與強壯生猛的男性氣息形成深刻的連結。

就連與海明威有關的動物,也都與陽剛氣息有密切的關連。海明威自幼在父親指導下學習狩獵,終其一生都以狩獵為樂,家中收藏不少狩獵戰利品,也留下許多手持獵槍或展示獵物的

照片。海明威筆下的動物書寫，同樣呈現陽剛猛烈的形象：加勒比海的馬林魚、非洲草原的獅子與大象、西班牙的生猛公牛……跟海明威產生緊密關連的動物，要不是體型巨大且氣力十足的猛獸，要不就是具有大自然源源不絕的旺盛活力。

簡約、精鍊、豪爽、熱情、粗獷，種種與海明威有關的形容詞，比起「老」以及「老化」，連結性更強的是陽剛氣質。海明威筆下生猛剛烈的男性形象，一方面反映他對自身形象的殷切期待，另一方面也是表列陳述理想化男性形象該有的要件。只不過，在投射男性形象之餘，海明威的美好期待與嚴格標準，卻也不禁映照出他對於未能永遠符合期待的挫折。簡單地說，海明威寫老，但海明威也怕老。海明威的作品中也有許多老人的描述，甚至也經常打造老人與年輕人的角色對比，但這並不是說海明威欣然接受老化的命運，而更可能是透過書寫老化，流露更多對於老化的恐懼與焦慮。

海明威筆下的老化書寫

學界對海明威的老化焦慮有過相當深入的討論。早在 1955 年，大學教授暨文學評論家奧賽 (B. S. Oldsey) 發表的論文中，就提到海明威意識到自身的老化，在感受到自己逐漸老化、身體也出現退化徵兆後，轉而在作品中處理老化的議題。作家庫伯曼 (S. Cooperman) 也發表過類似的論點，他點出海明威對於逐日老化的命定事實感到「病態般的惶恐」，他不知道該用什麼

樣的方式來面對自己的老化,甚至不知道該如何調整出順應年齡該有的作為。學者對於海明威的老化書寫與老人角色創造,有相當一致的定見,多半認同海明威筆下的老化書寫,反映出作家本人面對老化的恐懼與焦慮。

老人與老化,在海明威的作品中占有相當重要的地位。國內研究海明威的翹楚,也是筆者在臺大的授業恩師朱炎教授就說過:「在海明威的小說世界裡,曾經滄海、看遍千帆的老年人,具有特別重要的地位。」朱教授還認為,海明威的老人角色並不令人厭惡反感,反倒具有深刻的人文關懷與角色深度,海明威筆下的角色當中,「最親切自然而又感人的,還是一些沒有多大牽掛的老男人」。

在海明威筆下,老化經常以疲累、匱乏、僵化、麻痺的衰老樣態呈現,這不只是生理狀態的客觀描述,也廣泛連結到各種心理上的主觀感受。這樣蒼白虛弱的無力感並不單在老年角色身上發生,反而更多被預設在意識到自己正逐步老化的中年角色上。老化的空虛無力並不容易從單一角色呈現,至少就感知的質性描述中,並不容易清楚感受到老化的程度。海明威為此經常安排對比的年輕角色,藉由年輕人的活力與天真,提供兩相對照的比例尺。

〈橋邊的老人〉("Old Man at the Bridge") 故事描繪西班牙內戰倉皇撤退的場景。故事開場第一句就清楚點出戰亂中老人的裝扮與舉止,隨即轉換到身後場景忙於撤退的軍民與車輛,

俐落簡潔，絲毫不拖泥帶水：「老人戴著金屬框眼鏡，身上的衣服沾滿沙土，獨自坐在路邊。」混雜忙亂的逃命場景對照老人形單影隻的身影，形成強烈的對比：「老人就坐在那兒，一動也不動。他太累走不動了。」老先生孑然一身，也已經跟著難民走了 12 公里，世上除了他在家鄉的動物之外，再也沒有值得牽連掛念的事情。

故事由受命守衛橋梁的士兵以第一人稱的「我」講述。只不過兵馬倥傯，命如螻蟻，加上素昧平生，年輕的衛兵之所以找老人聊天，並非真心關切老人的生死安全，多半是值勤時段無法擅離、百無聊賴，加上老人剛好就坐在橋邊，於是湊合著聊天打發時間。年輕衛兵詢問老先生，你從哪裡來？戰火中各自逃命，今天人在哪裡、明天又流落到何地，沒有人知道，詢問難民從哪裡來又有何用？顯然年輕人的提問沒有開啟兩人有意義的交談，於是老先生亦自顧自地說起他在家鄉 「照顧」("taking care of") 的動物。老人用「照顧」一詞而不是「豢養」，強調養育雙方的情感連結，主人除了給予食物與庇蔭的責任之外，也還有能力照應牠們。人對於養育的生命有責任，也有情感上的牽連。虛弱的老人沒有家人，年紀也已高達 76 歲，與士兵一一細數他在家鄉「照顧」的動物。儘管還活著，但是情感上與身體上卻失去寄託，再也沒有動力走下去了。

在尼克·亞當 (Nick Adams) 的系列短篇故事當中，海明威重複藉由強烈對照的老少角色，營造老邁世故與年輕單純的對

比。海明威顯然相當喜愛這個角色，也認為這個角色的啟蒙成長，有相當值得發展的空間。第一篇尼克‧亞當故事〈印地安營地〉("The Indian Camp") 發表於 1924 年，當時海明威只有25 歲，藉由少年尼克的視野，講述他跟隨身為醫師的父親與叔父至印地安營地協助接生的故事。少不經事的尼克是比較基準，相對於專業熟練、以隨身折疊刀臨危應變進行剖腹生產手術的父親，以及受創自刎的印地安年輕爸爸，烘托出尼克的天真，認為自己將一路向前持續邁進，永遠都不會死。〈印地安營地〉出版後深受好評，海明威也獲得極大的信心，之後不斷以尼克的觀點創作，總共寫了 24 篇尼克的故事，在海明威過世後集結成專書出版，書名為《尼克‧亞當故事集》(*The Nick Adams Stories*)。

　　年輕與老邁、熱情與冷漠、天真與世故，藉由年輕的尼克與年老角色兩相對照，海明威開創了一個建立在對比概念之上的動態連結。在〈殺手〉("The Killers") 故事中，年紀漸長的尼克在餐廳找到一份打工，某日黃昏，餐廳迎來兩位客人。一如其他的故事，海明威並未對兩位客人的外表多做說明，只在首段第一句開門見山地寫：「亨利餐廳的門打開，進來兩個人。他們就在吧檯前坐下。」故事前半段主要構成的文句，幾乎都是兩位客人與餐廳服務人員喬治的對話，但這些對話卻言不及義；兩位客人之間的談話雖然從未停過，但兩人互動並不熱絡，與餐廳服務生的對話也相當生疏，討論內容似乎都是雞毛蒜皮的

瑣事。每每在尷尬之際，兩位客人就將話題帶到尼克身上，儘
管素昧平生，也根本沒有機會交談，兩人卻頻頻稱讚尼克是個
聰明的孩子。當然，兩位客人在此之前從沒見過尼克，進門點
菜也沒講上幾句話，之所以再三稱讚尼克的機靈，全是閒聊之
際打發時間用。

　　後來兩位客人挾持餐廳的員工進入廚房，計畫等到餐廳熟
客老安德森進門之際，趁其不備予以攻擊。只是這一天老安德
森沒上餐廳用餐，兩位殺手等候半天，也沒有達成任務。尼克
知道老安德森的生命有危險，因此興起前往告知的念頭。在尼
克說出他的構想之後，卻得到截然不同的回應。擔任服務生工
作的喬治，認為尼克應該前往提出警訊；而黑人廚師則認為事
不干己，最好明哲保身不要蹚入這灘混水。黑人廚師置身其外
的世故，與尼克的滿腔熱情形成鮮明對比，也開啟做與不做的
兩難問題。

　　當然，滿懷道義責任的尼克認為他既然知道這項秘密，且
攸關一個人的生命安危，沒有理由自掃門前雪，還是決定前往
提出警告。只不過進了老安德森的家門，卻是另一串衝擊的開
始，老安德森不但沒有正眼看尼克，躺在床上的他甚至索性轉
身面對牆壁。儘管熱情的尼克不斷給予積極建議，老安德森卻
持續相應不理，不願委託尼克幫忙報警，也不願起身逃難，只
是癱在床上，無力面對未來。故事的結尾，年輕熱情的尼克無
法理解老安德森的無所作為，也難以接受餐廳同事的冷漠虛應，

下定決心離開這個成長的小鎮。故事中的老人知道自己無路可逃，儘管曾經是叱吒風雲的重量級拳擊手，卻似乎無力應付眼前的沉重壓力。與前述海明威的老人角色一樣，老到不想動，老到動不了，老到即便動了也知道自己無路可逃，乾脆在原地等候。老拳擊手的疏離癱軟，對照於尼克的勇氣熱情，著實是一個老化與年輕的強烈對比。

　　海明威的老少對比不只出現在一般角色的互動，也延伸到愛侶關係中。被認為是海明威失敗之作的《渡河入林》(*Across the River and Into the Trees*)，主角是一位五十歲且具有三十年軍職身分的坎特威爾上校 (Colonel Cantwell)，他在一戰期間來到義大利，結識了十九歲的義大利少女蕾納塔 (Renata)，兩人發生跨越年紀的親密關係，並一同至威尼斯划船度假，發展出純真的愛情。坎特威爾在戰場上曾有過輝煌戰績，但心臟病令他衰弱老化的焦慮始終跟隨著他，即便故事建立在忘年相交的愛情上，但籠罩全書的卻是深沉的死亡焦慮。書名《渡河入林》來自於美國南北戰爭中南軍名將傑克森　(Thomas Jackson，1824–1863 年) 的名言：「讓我們渡河去，在河岸另一頭的樹下陰影處休息吧！」在樹蔭下休息，在故事的脈絡中連結到死亡，以及面對老化與未知命運的態度。

　　在許多評論中，對老化的焦慮很容易過渡到對於死亡的恐懼。老化意味著更靠近人生的終點，也代表著人生中青春活力的健康狀態更為縮短，將老化的焦慮與死亡的恐懼進行連結，

似乎也是相當合理的邏輯推展。只不過,將老化等同為死亡的閱讀方法,可能低估海明威對老化議題的思考深度,也很容易將老化與青春做出過於簡化且對立的處理。老化與青春無法明確分割,除了很難單從年紀大小做出明確的老化判定外,老化現象又很容易因人而異,因此使用年齡作為量化標準,並無法準確衡量所有人的生理狀態。如果再加上心理因素,整個問題又會變得更為複雜。抱持著樂觀進取或消極悲觀的心態,會使得迎接老化時的心境產生極大的差異。心理消極的人,即使生理狀態尚且年輕,依舊會委靡不振;相對之下,心理狀態維持積極的話,即便進入老年,表現也會不同於刻板印象。朱炎教授對此有相當精彩的討論,以《渡河入林》為例,這並不只是一部典型的「黃昏之戀」故事,若從這點批評本作,可能會淪為膚淺的表象分析。朱教授認為,海明威想藉這個老少配的故事,展示一個人類的悲慘命運,那就是「一顆永遠年輕的心靈,終將漸漸封閉在一付衰頹僵化的軀殼裡」。而心理與生理兩個不同層面對於老化認知的差距,可能是無法妥協的內在衝突,也可能是引發一連串紛爭的悲劇根源。偏偏海明威筆下多是這一類內心豪邁狂放的角色;面對自我的內在衝突,也經常是海明威筆下角色共同的經歷。

老化不只提供刻劃角色的座標,也不只標示焦慮與無力的負面情緒。更多時候,海明威的老化書寫提供了多重意涵,具有豐富的面向,某些作品中老化連結虛無積弱的生、心理狀態,

但也同時具有正向積極的寓意。朱炎教授認為，海明威的老化書寫「展現人性尊嚴的藝術關懷」，不但深入嘗試較少作家寫作的面向，也對於過於扁平的老化，開發出悲憫寬容的救贖寓意。

以 〈一個乾淨、明亮的地方〉 ("A Clean, Well-Lighted Place") 這一則海明威最廣為人知且最具特色的短篇小說為例。故事場景設定在即將打烊的酒吧，角色相對單純，只有兩位想要下班的酒保以及一位流連忘返的老酒客；對白也相當簡明，透過兩位百無聊賴的酒保在等待下班的空檔，有一搭沒一搭地交換甚無意義的交談。

故事一開頭，兩位酒保討論老酒客最近發生的事情：

「他上禮拜還試圖自殺。」
「為什麼？」
「他陷入絕望。」
「為什麼？」
「沒為什麼。」 ("Nothing.")
「你又怎麼知道他沒為什麼了？」
「他錢很多耶。」

海明威透過兩位酒保的對話，多次玩弄 "nothing" 的雙關語，一方面可解釋為「沒為什麼」，另一方面也意味著「虛無」。回覆的第一層意思是老酒客自殺「沒為什麼」，另一個意思是他

因為「虛無」而自殺。

海明威在故事結尾以一連串西班牙語的 "nada"（沒事／虛無）鑲嵌段落，是整篇故事的靈魂。他大膽地在句子當中大量置入這個詞彙，除了英文的 "nothing"，還加上西文的 "nada"，在短短 17 行的段落中出現 24 次，且愈是到段落結尾，出現的頻率就愈高。到了最後幾句，西文 "nada" 出現的頻率之密集，已經近乎宗教祈禱助念般的喃喃囈語：

> Give us this nada our daily nada and nada us our nada as we nada our nadas and nada us not into nada but deliver us from nada; pues nada.

無論是 "nothing" 或是 "nada"，這個詞彙被海明威刻意且大量、反覆地使用，來營造荒誕空虛的感覺；搭配老酒客有錢卻了無生趣的生活，沒有任何值得去的地方，也沒有任何值得關切的對象，日復一日在酒吧逗留直到打烊被趕。

海明威並沒有對老酒客描述太多，我們對老酒客的樣貌與經歷都是從酒保的聊天中得知，彷彿老酒客本人並不重要，不需要第三人稱視野的描述，甚至也不必他開口講話。酒保認為老酒客已經 80 歲了，一定很有錢，應該衣食無缺，可是上禮拜才剛自殺未遂。老酒客刻意選在酒吧室內造景的樹木植栽下獨飲，在陰影中無聊到拿玻璃杯碰觸碟子打發時間。儘管酒保歸

心似箭，卻還是基於工作要求詢問老酒客想再喝點什麼，只不過在老酒客明確指出再一杯白蘭地後，酒保卻又予以拒絕。根據酒保的對話，老酒客是個有錢人，以前曾有個太太，但目前獨居，而且也已經聾了。酒保似乎相當有把握老酒客失聰，甚至挑釁地對他說：「你上禮拜真應該把自己殺了。」只不過從兩位酒保閒聊中透露出的資訊是否正確卻無人知曉，反倒令人懷疑。沒有人真正知道老酒客是不是真的有錢？過去是否有段婚姻？更沒有人知道他是否真的聾了？也因此，酒保對老酒客說的話就十足令人玩味：如果老酒客聽不到，酒保的話頂多只是聊天扯淡；但如果老酒客其實聽得到，那就更顯示老酒客面對挑釁時的無動於衷、無力爭論與無意回嘴。

　　老酒客孤單的身影沒人陪伴，殘餘的生命時光在乾淨明亮的酒吧裡流連耗損，空洞虛無，沒有追求的目標，也沒有逃離的動力。只不過，換個角度來看，環境的整潔帶來秩序，外表的整潔帶來尊嚴，即便人生旅途的尾聲已不懷抱任何希望，老酒客依舊堅持每天穿戴整齊，親赴環境明亮整潔的酒吧，消磨所剩不多的時光，捍衛自己飽經歲月摧殘後僅存的一絲尊嚴。

《老人與海》中的作家投射

　　在海明威所有描述老人的作品當中，知名度最高、最受喜愛、成就也最大的，莫過於被視為海明威文學生涯巔峰的中篇小說《老人與海》。《老人與海》於 1951 年寫成、1952 年出版

後，隨即於 1953 年贏得普立茲小說獎 (The Pulitzer Prize for Fiction)，並於 1954 年榮獲諾貝爾文學獎桂冠。當時海明威才 55 歲，就年紀上來看正值盛壯之年，距離他悲劇性結束自己精彩一生的時刻，還有 11 年的歲月。雖然這段時間並不短，但是從品質與數量審視，海明威寫完《老人與海》後就再也沒有重要的作品問世。《老人與海》既是他的巔峰之作，也是他寫作生涯的最後一舞。也因此，就作品內容以及作家生涯發展的意義來說，《老人與海》探討的是嚴肅深沉的老年問題：漁夫的晚年以及作家寫作生涯的晚年。這是一則孤獨面對生涯低潮的故事，是承受挫敗、疑惑與窘困的人生態度，也是昂首捍衛榮譽的尊嚴與從容。《老人與海》的內容是老年與失敗，老漁夫即便力圖最後一搏仍舊徒勞。但這樣的失敗輸得徹底、輸得毫無悔恨，這是徹底的毀滅，而不是低聲下氣的悔恨與失志。如朱炎教授所說，老漁夫儼然具有羅馬悲劇英雄的色彩，「以順天的態度生活而又表現了人類的不屈、高貴和尊嚴」，即便最後失敗，「到頭來已然跟上帝與自然獲致最後的和諧」。

　　海明威以慣用的老少對比揭幕，故事的開場，是老漁夫聖地牙哥 (Santiago) 與跟班的小孩馬諾林 (Manolin) 兩人在交談。馬諾林從 5 歲起就跟著老漁夫見習，是聖地牙哥最忠實的學徒與伙伴，兩人無話不談，從釣魚到棒球都能聊上許久。聖地牙哥是相當資深且經驗豐富的漁夫，只不過他的資歷似乎沒有什麼幫助，老漁夫已經長達 84 天沒有捕到任何漁獲，運氣極差。

馬諾林的父母親希望他換換手氣，暫時離開老漁夫身邊，跟著別艘漁船可以多一點收入。至此，海明威慣用的老少比對手法發生重大轉折，讓故事聚焦在老漁夫一人身上。

海明威細膩描繪老漁夫臉上的皺紋與手上的厚繭，在外表衰老之餘，漁夫的老還有老練與智慧的多重意涵。漁夫的老練反映在他的專業、知識與技巧，他善於觀測，知曉海上天象變化，即便一個人航海也能同時處理多樣工作，因應風向變化敏捷地操控船隻，甚至還不需要羅盤指引航行方向。漁夫的智慧則來自於對人情冷暖的細膩體察與寬大包容，他深知自己的厄運引來同業側目、躲避，也清楚自己時運不濟，不該私心要求馬諾林忠誠陪伴，以免阻礙年輕人的學習成長。聖地牙哥這名老人，老得有智慧、有溫度、也有深度。老化減低了他生活上的物欲誘惑，對於當下的困境與窘迫細心體會，欣然接受並使用手中有限的資源，進而提升自己對於貧窮與厄運的忍受，跨越外在名氣的仰賴依託。老漁夫體力衰減但心態成熟，有更多面向展現老後的人生智慧與眼界氣度。

最令人印象深刻的，是老人展現出來的毅力與忍受力，比許多年輕人還要強韌。船上生活不意外地相當艱困，在海上沒有遮陽的地方，老人只得忍受烈日照射，小說中多次描繪老人頸部與胳臂在日光曝曬下的痛楚。船上的作業也全是勞力苦差，經年累月徒手拉扯釣具、繩索，使勁造成的摩擦與抽筋帶來劇烈疼痛，這些肢體苦難是漁夫例行工作的挑戰。此外，飢餓與

口渴相當消磨心志，船上空間小且漁夫已經很久沒有漁獲，並沒有能力帶充分的補給，因此手上好不容易取得的小魚，儘管在烈日曝曬下恐怕已經變質，還是得硬吞下肚以確保體力。不過最大的考驗，還是對於寂寞的忍耐，小船由老人獨自操作，沒有任何人可以對談，整趟航行老人只得不斷跟自己講話，甚至對作為獵物的馬林魚說話。如老人所說的，「痛苦對男人來說不算一回事」。漁夫的老蓄積堆疊出過人的能量，對生理與心理各方面的艱困折磨始終逆來順受，並將承擔的苦難轉化為面對逆境的毅力。

在故事中一再提及具備剛猛特質的對象，對應老漁夫強悍的內心素質，藉由反覆出現的嚮往與認同，建立起老人與憧憬對象的連結。老人出港後，時常想到他最喜歡的棒球選手迪馬喬 (Joe DiMaggio)，這位棒球史上最受歡迎的英雄人物之一，場上與場下的諸多事蹟都令人津津樂道。對於漁夫來說，只要腦海裡還有一丁點對於迪馬喬的喜愛，就足以激勵他向偶像看齊，就算最後上岸之後身心俱疲，腦子裡依然想到迪馬喬：「我現在腦筋已經不清楚了，不過我想我今天的表現，就連偉大的迪馬喬也會感到驕傲。」此外，總是出現在老人夢境中的獅子，與前述的迪馬喬一樣，是具有強悍特質的夢幻存在。老漁夫從哈瓦納出港，在加勒比海上捕魚，生活環境其實見不到獅子，不論就地緣因素或是文化典故，獅子跟老漁夫的關係都相當遙遠。但在老漁夫最需要慰藉的時候，獅子總會出現在他的夢裡。

全書最有名、可能也是最令人玩味的名句：「人不是為失敗而生的」，「人可以被毀滅，但不能被打敗」。這句話出現在故事尾聲，老漁夫辛苦付出最終還是徒勞無功的時刻，彰顯出老漁夫的剛毅堅忍，以及他心中認定的價值：即使自己的工作卑微、無足輕重，但人是為了勝利而生，需要榮耀與肯定驅使自己不斷走下去。海明威並非「寧為玉碎，不為瓦全」的偏執，而是人生在世的動力源自於渴望勝利及維護尊嚴，好漢寧可堅強捍衛也不委曲求全，不願妥協讓自己喪失原則，也不接受在精神上、價值上被否定的挫敗，否則會是價值與信仰的全盤瓦解，一絲尊嚴都無法保留。

　　《老人與海》的故事與角色相當簡單，在馬諾林退出故事焦點後，就只剩下老漁夫以及馬林魚之間的互動。馬林魚不會講話，當然也沒有對話發展，嚴格來說並不能稱為角色，但這並不阻礙海明威對馬林魚的生動刻劃。故事大半的篇幅發展緊扣老漁夫與馬林魚的拉鋸，老漁夫清楚馬林魚的習性，也深知馬林魚在使勁掙脫之後的行為模式。同樣地，馬林魚成長過程中多次與各地漁夫對峙，同樣具有豐富的經驗，也似乎能感知老漁夫的想法，負嵎頑抗周旋到底。雙方時而對抗、時而鬥智、時而沉潛蓄力，窮盡渾身能耐進行死鬥。老漁夫畢生的捕魚智慧與僅存的氣力韌性，全都用來對抗馬林魚；在海中所向無敵的巨大馬林魚，也似乎毫無保留地對抗拉鋸。這不只是與漁夫的求生奮戰，也是他一生中最重要、最風采絢爛的戰役。老漁

夫在茫茫大海中看似孤單一人，但實際上卻不是如此，他與大魚棋逢敵手，老漁夫的智慧烘托馬林魚的強大，而馬林魚的強悍也成就漁夫的堅韌，雙方在對抗中達到極致，少了彼此，故事就不精彩，生命也將變得不完整。

　　老漁夫與馬林魚在海上相遇，開啟了看似偶然卻命定的對決，以及早已註定的悲劇結果。馬林魚巨大的身型無法被拉上船，必須藉由水的浮力，由船隻在前方拖拉、運送。只是如此一來，馬林魚的鮮血在海中擴散，吸引嗜血鯊魚群起圍攻，漁夫嚇阻無效，只能眼睜睜看著馬林魚被咬得體無完膚。船隻入港後，巨大的骨架雖引起村民們的驚嘆，卻無法賣錢，漁夫到頭來依舊一無所獲，也無法終止捕不到魚的記錄。老漁夫的經驗與智慧，終究不敵大自然的力量，也跳脫不了失敗的命運。漁夫的老，似乎更加深面對宿命的無力與無奈，再度強化負面的刻板印象。然而，如果將馬林魚與鯊魚視為大自然的力量，漁夫的老又帶有與自然共存的謙虛智慧。因為深知自然的強大與永無止盡，老漁夫才體察自身的能力限制，在該放棄的時候鬆手承讓，保有虔誠敬天的謙卑與恭敬，盡力而為、與天共存。而這樣的老，展現出歷經世間百態淬煉後的人生智慧，年紀愈長，累積愈多。

小　結

海明威怕老，卻又對老有深刻的體認，投入創造了許多雋永的老人角色。海明威筆下的老看似無力蒼白，伴隨著虛弱癱軟的生理症狀，老到走不動、不想動，看似活到老年已經夠本，一生足矣，再無謀求生路的動機與活力。海明威筆下的老可能意味著生理上的衰退，但是又不限於負面的麻痺癱瘓，反而因之增加了不同面向的人生資產：懂得敬天愛人、謙虛悲憫，未

圖 8-3　晚年的海明威

嘗不是更具深度的人生樣態。老年當然有不同的身形面貌，但是在海明威筆下，老年的不同樣貌帶來未曾體驗過的人生風采，同樣活出精彩豐富。

海明威描述的老人，刻畫出現代社會的人際疏離，呈現飽經生活磨難的無力頹廢，也勾勒出與人生困境同生共存的悲憫謙遜。與所有傑出的作家一樣，海明威的老人書寫，深化我們對老年的思考，也開發出過往易於忽略的道德寓意。只不過，跟過往許多作家一樣，海明威的敘寫，幾乎全數為男性的老化經驗，反映出來的焦慮與挫折，也全為男性特有。由男性作家獨占的老年書寫，一直要到西蒙・波娃開始關注女性特有的老化經驗、納入女性關懷後，老年書寫才呈現嶄新的風貌。我們將在下一章討論西蒙・波娃對於老年書寫的重大貢獻。

性別與老年
──西蒙・波娃的老化書寫與他者哲學

　　人在年老、生病後，時常需要醫療、照護與安養的服務，這些當然是醫藥護理的專業範圍，一般社會大眾很少有醫藥相關的專業知識與能力去理解。只不過，關於老化以及與之相關的種種現象，從來都不只是醫學與生物學的專利，對於老化的發言權，也從來都不僅止於醫藥從業人員。老化作為一件每天都發生在每個人身上的事情，不會因為科技與物質條件的進步而停止，只要時間還在流動，老化的腳步便不會為任何人駐足。

　　簡而言之，每個人在日常生活中親身經歷著老化。只不過，我們慣於將人生想像成一道常態分布、從低點逐步爬升，並在到達頂峰之後線性下降到另一端低點的曲線。若果真如此，那麼，老化的現象自生命初始就已發生了，只不過我們將前半段稱之為「成長」，另一半才稱之為「老化」。但無論如何，不爭的事實是，時間往前推移的速度不變，而且不會停止流逝。

　　或許很多人會同意這樣的觀點：老化跟時間一樣，是世界上最公平的事情。地球每自轉一圈，地球上的所有生命便老去

一天，不多不少，無一例外。可是，時間真的是公平的嗎？還是對於某些擁有特定條件的人來說，時間會來得更「公平」一點？

理想的狀態是：時間跟前，眾生平等。然而，實際上老化對某些人似乎沒有留下太多的痕跡。這並不是指大家在廣告上常看到的凍齡抗老，而是在支持生活並提供資源的社會條件上，例如可支配所得、教育程度、工作型態、城鄉差距、醫療資源等，某些群體或許可以提供較多資源，或者以較具支持力的自我認同來面對老化。基於某些特殊考量，不同社會條件的人對於老化的承受力可能完全不一樣。或許有些人對於老化的現象特別敏感？或許老化所連結的意涵對某些人來說得付出更大的代價？

就算在老化面前人人平等，迎接老化的物質與心理條件卻不見得如此。如同所有文化議題，種族、階級、教育、收入、性別、性向等社會性因素的建構，都會左右我們的認知與看法。其中性別雖然屬於生理條件的一種，但是在不同的文化背景下，卻可能衍生出相當大的差異：同一個時代裡不同性別的人們，或是同樣性別但身處在不同時空環境之下，都可能因為性別差異而得到不同的待遇。老化並非只是生理層面的現象，還有更多文化與社會的面向，而性別條件絕對是影響老化際遇的關鍵因素之一。

不同性別的老化差異

　　在老化的議題中，性別差異具有決定性的影響。社會對於性別的建構，導致我們對於不同性別的老化產生不同看法，而這樣的差別待遇，對於女性是極其嚴苛而且不公平的。就生理方面而言，無論男女，都會出現皺紋、白髮、斑點等老化的跡象，但在對待外表老化的應變方式卻有極大差異。市面上有各式各樣針對女性的保養品，訴求多半是能改善外表樣貌的抗皺、防斑等項目，再搭配凍齡美女年齡漸增但美貌依舊的廣告行銷；可是我們卻鮮少看到針對男性開發的凍齡保養品。此外，語言的使用習慣也對不同性別的老化展露差異。就中文的使用情境脈絡來說，雖然永保青春的外表總是獲得推崇，但是對於外表美貌的肯定卻顯然偏向女性。例如我們經常會將「凍齡」與「美魔女」劃上等號，呈現出將青春美貌與性別產生連結的使用習慣。「凍齡」跟「美魔女」之所以成為同義詞，是因為社會大眾對於女性外表的追求與堅持遠高於男性，而背後預設的價值便是女性需要「美貌」作為自身認同與成就感的依據。相對而言，男性能夠獲得成就感的地方很多：事業、財富、地位等，男性在這些方面所取得的成就感不僅遠高於外表，甚至反過來壓抑男性對於外在美貌的追求。男性的成就不限於外表，或是被認定為不應該來自外表，因此外表上是否青春凍齡，鮮少成為衡量男性成就地位的標準，甚至在某些時候還會成為嘲諷戲謔的

反指標。

　　本章要討論法國哲學家西蒙‧波娃（Simone de Beauvoir，1908–1986 年）有關老年的著作。波娃的曠世巨作《第二性》（*Le Deuxième Sexe* [*The Second Sex*]，1949 年出版），無疑是劃時代的重要作品，也是波娃畢生最受注目的代表作。不過或許因為《第二性》掀起的波濤巨浪，波娃晚年另一部重要作品《論老年》（*La Vieillesse* [*The Coming of Age*]，1970 年出版）相較之下就沒有獲得足夠的關注。或許是因為《論老年》討論的主題向來就是冷門議題，即便出於名家大師之手，這本書的命運仍然從出版以來就沒有獲得應有的重視。我的論點是，如果要深入研究波娃，就不能獨厚女性主義，而輕忽老年研究在波娃思想體系中的地位。對於老年與死亡的關懷與焦慮，是串連波娃知識體系一個重要的脈絡。對於波娃的生涯發展而言，老年議題的重要性並不亞於性別，甚至兩者乃互為依存。研究波娃對老年的看法，有助於我們對於性別議題的理解，反之亦然。就某個角度看來，性別研究與老年研究，是波娃畢生心血的一體兩面。

《第二性》與《論老年》

　　西蒙‧波娃以女性主義聞名於世，她最重要的著作《第二性》被認為是女性主義的經典巨著。這本書自從 1949 年出版以來即廣受歡迎，不僅被翻譯成多國語言，也以傲人的銷量成為

圖 9-1　西蒙・波娃

長銷書，並在學術界與社會行動中發揮深遠的影響力。起源於 1960 年代美國的第二波女性主義，就將本書視為啟蒙的重要作品，隨著女性主義思潮擴散至整個世界，本書一直被視為女性主義的扛鼎之作。

　　西蒙・波娃在《第二性》提出最重要的一句話：「女人並非生而為女人，而是成為女人。」這句話不但是該書的核心理念，更成為女性主義最核心的精神。波娃的意思是，女性在成長的過程中，受到來自家庭、學校、社會等環境的制約，以及各種教條與規範所約束，被形塑為女人「該有的樣子」。也因此，性別所代表的一切特質並不是與生俱來，而是在教養過程中被賦予的期待或強加的限制。人類歷史上的歧視與剝削，幾乎都是因本質決定的差別待遇，這些結構性的差別待遇與個人能力或品行無關，並非能夠憑藉後天的努力來翻轉。波娃這本巨著挑戰男性中心的系統架構，顛覆以生理性別決定權力關係的本質論，提升女性過往遭受壓抑的地位，改變當代社會風貌甚巨。隨著此書大受歡迎，波娃也一償她從小立志成為哲學家與作家的宿願。

　　波娃提出性別並非天然生成的概念，徹底挑戰人類數千年來習以為常的社會結構，過往種種被視而不見的剝削與壓迫，

都在這樣的觀念中獲得關注甚至反轉的機會，因此要說《第二性》是波娃的畢生代表作，一點也不為過。時至今日，波娃的名聲與《第二性》依舊還是劃上等號，提到她就讓人聯想到這本巨作。這當然表示《第二性》獲得空前的成就，也表示《第二性》帶給人類的啟發延續至今。

1949 年《第二性》橫空出世時，波娃 41 歲，正是意氣風發的年紀，在各方面都處於上升躍進的狀態；1970 年《論老年》出版，波娃則是卓然有成的 62 歲，累積了相當龐大的出版作品以及社會名望。就年紀看來，兩本書直接呼應作家在書寫當下所面臨的處境：於中年寫成的《第二性》，極力喚醒女性獨立自主的意識，主要的批判重點當然是生理決定論以及男性長期主導的偏見，但是對於女性的被動與屈服造成自己弱勢的地位，也給予極為強悍的批評，因此論述大鳴大放、旁徵博引、犀利流暢，恐怕有其必要。《論老年》則寫於邁向老年之際，當時波娃已經取得全球性的知名度，對於女性主義的親身實踐與大力提倡卻從未中斷，在關懷女性的基礎上，波娃加上對於老年偏見的犀利批判，終生奉行的風格未有絲毫退讓。波娃在書中疾呼，認為我們的訴求應該更為徹底，需要改變的是整個社會體制，需要改變的是整個人生。

至於撰述方法以及研究架構，《第二性》與《論老年》倒是有許多相似之處。首先，波娃在兩書中都採用多重閱讀角度，廣泛檢驗諸多因襲相承卻未必正確的價值。充分舉證論述之後，

波娃再以類似的分析架構與陳述方式,針對兩個議題詳盡剖析。除了來自存在主義的影響之外,波娃還善於旁徵博引,廣泛地從哲學論述開啟辨證議題,並由文學、歷史、社會學、生物學、醫學等角度進行豐富多元的舉例與分析。波娃這兩本書的討論均建立在紮實的歷史意識與時代精神之上,從遠古的神話談起,接續討論歷史上的重要個案,並循序帶入歷史上重要且具代表性的案例分析,最後將焦點帶往近代與當代的時代脈絡。波娃分析論述的決心與博學令人敬佩,在《第二性》中,波娃藉由生物學、心理分析、歷史唯物論的各種角度,來反擊男女不平等並非合理存在的現象;《論老年》則由生物學、民族學、文學等角度,陳述老人又窮又老又廢的形象並非理所當然。波娃的討論建立在清晰的歷史脈絡以及廣博的文獻引述,不單仰賴深奧抽象的哲學名詞,也不刻意賣弄學問涵養,而是將極具爭議的概念反覆提問、舉證、討論,強調議題產生的時空脈絡,企圖將討論聚焦在更深入具體的層面。

如果說《第二性》的核心關懷是挑戰女性受壓迫的位置,那麼《論老年》則是挑戰老年習於受歧視的位置。無論是女性或是老年所面對的不公平、不合理、不人性壓迫,都不是與生俱來的條件,種種伴隨生理決定論而來的歧視,不應該冷漠麻木地被動接受。就這一點看來,兩本不同階段的重要著作,其實擁有一致的關懷。

爲何又老又窮又廢又不被需要？

　　波娃第一個要挑戰的問題，便是「老為何會成為一個禁忌？」在西方社會中，死亡是一個經常受到討論的議題，但是老化卻是受到忽視的話題。西方社會只討論死亡，不討論老。甚至在創作中，死亡將生命轉化為命運，隱約還具有悲劇的美感，但老年則是不堪聞問，只是對生命的滑稽模仿。長久以往的結果就是，西方社會對老年問題的蓄意忽視，而這樣的論點，又可以分成外在結構與內在認同兩個層面來討論。與《第二性》的架構相同，《論老年》同樣也分成二部，第一部從科學、社會、歷史的觀點來考察，也就是從外部的觀點來檢視老年。第二部則探究內心處境的角度，牽涉的層面偏向老年自我認同的問題。

　　在外在的社會結構上，受限於中產階級傳播的迷思與陳腔濫調，生產力成為衡量價值與貢獻的絕對標準，老年人無法生產也不事生產，因此不重要、不被需要，甚至可能被視為累贅。在人人皆有生產力且事事得以價值衡量的前提下，老年人沒有產值，成了社會的非我族類，因此必須忍受被社會區隔的漠視對待。波娃認為，老年人不應該是不被需要的負擔，對於老年的冷漠與麻木，正足以顯示西方文明的挫敗。

　　老化必然是生理層面的問題，但是社會因素在老化過程中扮演的角色，可能比生理條件來得更大，影響也更深遠。儘管

老年與慢性疾病有極為明確的正相關，但是同樣年齡的身體狀況，則會因不同人而有很大的差異，有些人是從斜坡上緩步走下，但也有人是從上頭直接滾了下來。這些決定衰老的條件，例如工作、環境、情緒、生活習慣、生活水準等，都屬於社會條件的範疇。儘管醫學的研發大幅延緩慢性疾病的侵蝕，明顯改善老年的生活品質，但醫療資源並非無價取得，經濟條件、社會地位、人際網絡、健康知識等條件，都會大大影響老後生活的品質。簡言之，知識水準愈高、經濟條件愈優渥、社會資源愈充沛、人際網絡愈綿密，生理狀況就會受到更完整的支持，衰退的幅度與速度，就可能比較緩慢，也就更有機率享受到健康且較有品質的老年。

老化的意義也必須對照不同時空背景，才有辦法產生較為精確的判讀。例如以同樣的收入來說，在貧窮社會中被當成有錢人的程度，在富裕的社會中卻可能會被視為窮人。此外，在時間軸上的移動也會造成意義判讀上的差距，不同的年代、不同的價值、不同的條件限制、不同的時空背景，會賦予老人不同的面貌。也就是說，每一個社會時空都具備獨特性，只有在社會脈絡重新定位之後，我們才能真正理解老年，為老年的意義找到明確定位。

波娃透過民族學的研究，考證許多部落與文化的老者形象與待遇。不同的社會文化價值觀差異極大，隨著時空背景轉換，老化的意義以及個人與群體的關係，都有不同的意義，不應該

過於簡化。老人不一定都是亟欲拋棄的負擔，在不同的社會文化中，不同世代之間的關係不同，老化的意義也有所不同。此外，老人的他者寓意並不全然只是遭到排擠壓抑的次等地位，老人概括承接的負面意涵可能危害社會，也有可能對於社會關係發揮正向功能，具有極為複雜的多重性。而這樣多元繁複的意義，並非老人自己爭取而來，而是他人所賦予的，是社會回應、對待老人的特有方式，也正反映出老人在特定社會結構下具有的意義。也因此，波娃在《論老年》中閱讀不同時期文學與文化創作的老人形象，包括《聖經》、中國經典、神話故事、古希臘的哲學與戲劇、古羅馬的哲學與詩作、中世紀的文學律法與圖像創作，一路研讀至二十世紀社會的安養院情況與退休金制度。關於老化的閱讀帶出漫長的人類文化史，也揭露社會階級對立與衝突下的歷史。

老年除了是源於社會結構的外在議題，同時也是內在認同的危機。理論上，我們每一天都在變老，但我們對於「自己在變老」這件事的認知，卻往往比不上他人對「我的老化」的觀察。原因是，我們不是單獨存在的個體，人類無法獨活，我們生存的意義也無法獨自存在。人類並不只為自己存有，也為他人存有，我們往往從他人回應我們的態度中建立自己的認同。

只不過，變老並非令人喜悅期待的過程。老年經常被視為常人之外的異類，因此在變老的過程中，即便過程緩慢，也經常會有自己正在成為另一種人的感受，認為在我們身上變老的

其實是另一個人。

　　波娃引述紀德　（André Paul Guillaume Gide，1869–1951
年）的話，他在日記中提到「要是我不常提醒自己我的年紀，
我還不太能夠感覺到，我已經 65 歲了，我還是很難說服我自己
已經來到這個年紀了」。數年之後，紀德又寫道：「我不太感覺
得到我的年紀，儘管我時刻都在提醒自己，我可憐的老頭子，
你已經過了 73 歲囉，可是我還是無法說服自己，我已經到了這
個年紀」。紀德的說法呼應波娃的論點，老年屬於無法成為真實
的範疇，老年代表我們無法體認的處境，老年甚至不是自我，
無法在日復一日的生活中認知，必須要在一定的距離之外，才
能觀察感受。

　　這個觀點受到沙特（Jean-Paul Sartre，1905–1980 年）很大
的影響，沙特所謂的「為他存有」，是指意識到別人在觀看我
們，而這樣的察覺也是一種存在。我們的自我認知是主體存在
的關鍵，但在此同時，我們也因他人的注視而成了客體，成為
被他者化的自己。我們意識到他人將主觀意識轉嫁到我們身上，
可能因此產生不自在、不安、失去自由的感受。而「自我認知」
與「他人注視」這兩種意識同時存在，甚至相互依附、相互強
化、互涉共有。我看待自己的態度決定我的認同，而別人看待
我的眼光也決定我的認同，兩種認同同時存在，也彼此相互影
響干預。

　　根據這個論點，老年之所以令人難以承受，是因為我們向

圖 9-2　西蒙・波娃與沙特，1955 年攝。

來將老人看成他者，但我們卻與他者緊密相關，甚至是他者構成我們的自我認知。就某種意義而言，我們就是他者。老年無論是外表或生理機能各方面，都與主要的社會群眾有差異。但老年也與我們緊密關聯：我們的身邊有老年人，我們意識到自己的老化，體認到自己逐步邁入老年。我們也知道，這個老化的身分不全然等於我的個人認同，意味著「我」正在變成老年，卻變成另一個跟「我」很像但不全然是「我」的另一種人。也就是說，我是老人，但也不是老人；我跟老人不同，但我正逐漸成為老人。

　　波娃透過檢視文學作品中的老化書寫，切入不同時代、不同文化的作家體驗，更進一步發掘老化的文化層理。波娃涉獵的範圍相當廣博，包括文藝復興時期米開朗基羅與達文西的書信、十八世紀起作家的書信與日記、重要的法國與英國詩人、莫內的畫作等，觀察這些作品中對於老年的焦慮。甚至是鮮少有人關注的老男人甚至老女人的性欲與性活動，像是雨果

（Victor Hugo，1802-1885 年）的私密筆記、羅丹（Auguste Rodin，1840-1917 年）與卡蜜兒（Camille Claudel，1864-1943 年）的情史、H.G. 威爾斯（Herbert George Wells，1866-1946 年）的書信、大提琴家卡薩爾斯（Pablo Casals，1876-1973 年）的生平紀事，甚至日本作家谷崎潤一郎（1866-1965 年）充滿禁忌的自傳性質小說。藉由挖掘身體、形象與性的連帶關係，波娃深入考究老年的自我形象與他者的互動生成。

　　波娃的目的，是要確認生理認同並不是界定自我認同的唯一標準。以相互定義與彼此認證的辯證關係，來鬆動無法解決也無法相容的對立：男人與女人，年輕與老人，主體與客體。老年向來被認為是異常的存在，也被視為外來的客體。當老年習慣性地被呈現為客體時，其特殊的位置亦很快被客體化，並且從觀察當中被排除或疏遠。不過，這或許還不是問題的根源。根據波娃的說法，人們誤解老年的困境，有人說：這個困境是假的，只要你覺得自己還年輕，你就算年輕，言下之意即是年齡取決於主觀的認知。但波娃反對這樣的單向認知，她認為老年應該是一道辯證互動的議題，一方面接受客觀標準定義下的自己，另一方面則要體察自己認定的自己。在這道辯證過程中，「我」的心中要保有他者的存在，亦即要認知到「我」在他者眼中的形象，這個時候的「我」是個老人，毫無疑問是個他者。波娃認為，我們要體認到不同的人、不同的身分是多面向的存在，年齡跟世界上其他任何事情一樣複雜，能夠挑戰顛覆原本

的自我認知。

　　無論是來自外在結構面的因素，或是內在認知面的觀感，老年都是一道全面成形且日漸嚴峻的挑戰。老化使我們成為另一種人，但我們內心卻否認、不願意接受這樣的可能。根據波娃的說法，老年總有一天會落到我們頭上，但我們卻抗拒這樣的可能，總覺得這是別人的事。結果社會上普遍存在的偏見，使我們別過頭去漠視老人的存在，也不將老人當成我們的同類。這樣的認知矛盾，使得老年人陷入非人的景況，使一個人在他最後的年歲中不能活得像個人，而是成為過剩的、廢棄的人，陷入失去尊嚴、遭到剝削的境地，也使得老年成為社會上極為艱困的問題。

　　波娃撰述這本厚達六百頁的巨著，目的不只在於考掘西方文化與文學中對於老年的偏見與漠視，更在於積極打破這個不對等、不公義的現象。不對等的原因，是因為無論在結構上、在認知上，老年全面陷入次等劣化的境地；不公義的原因，則是社會大眾面對如此失衡的現象，卻習以為常地接受。這樣的沉默亟須重新審議。而波娃踏出的第一步，便是為文撰述，打破這樣的沉默。

　　波娃的說法雖然建立在哲學辨證的底蘊之上，不過卻是相當容易理解的基本道理，簡單地說即是「己所不欲，勿施於人」，如果我們不想被當成廢物、垃圾，就不能用這樣的態度對待別人。我們得把老人當人看，因為他們跟我們一樣都是活生

生的人，跟我們都一樣有尊嚴，而非行屍走肉。如果我們不想
要非人一般的老年，我們最好也要重新思考，及早規劃、調整。
面對社會上的種種窠臼與偏見，我們要有勇氣打破集體沉默，
如此不但能解決當下的問題，我們也能因此享受到好處。

　　波娃認為我們無法自欺欺人。生命的意義，取決於我們眼
前的未來，如果我們不知道未來會變成什麼模樣，就無法知道
現在的樣子；如果我們無法理解老年的意義，就無法知道人生
的意義。看看眼前的老人，我們會看到我們未來的處境。波娃
堅信，如果我們能夠理解老年的意義，就不需要默默忍受種種
老來遭逢的悲慘際遇。其呼籲雖然樂觀，但確實有說服力：老
年並非他人的閒事，而是我們共同面對的未來，是跟我們切身
相關的大事。種種體制上對老年的剝奪，無法自行照顧起居的
老人，或者被視為社會負擔的老人，都是對社會現狀的強烈指
控，也是我們即將面對的未來。老年的討論連結到平等公義的
理念，波娃多次在書中採用第一人稱的陳述口吻，彷彿直接跟
她的讀者對話，無須大聲疾呼便鏗鏘有力：「很快地，你會發
現，不管你願不願意，你明天要面對的待遇，就是今天社會上
老人的處境。」

如何對待老年，就是如何對待自己

　　波娃為何要研究老年議題？最直接的答案，可能是這樣的
研究，是面對自己最誠實的態度。儘管我們都會變老，但我們

卻不想變老，這是最簡單也最無解的矛盾之處。迎接老化的樣貌，意味著主動思考在未來等待著的問題，如果在體力充沛、思緒敏捷的時候選擇忽略，我們將錯過認識自己的機會，我們不會知道自己是誰，也不會知道未來我們將成為什麼樣的人。

　　我們必須體認到，眼前的老先生、老太太，便是我們未來的樣貌，而目前老年人遭逢的不幸，也會是日後加諸在我們身上的景況。如果我們計畫介入自己的處境，就不能選擇繼續忽視老年的不幸。我們應該將老年視為切身相關的議題，老年遭受漠視、老年成為社會負擔，就是我們將來要面對的現實。在年輕的時候賺飽荷包、累積足夠終生揮霍的資產並非解決之道，因為無論再豐沛的產業，都經不起結構性剝削與認知失衡的掏空。長久之計在於透過知識的顛覆與再造，重新建構一個具有平等架構的群體社會。

　　波娃在書中重新講述《格林童話》裡一則老人與孫子的故事。這個故事相當有名，也是有關老化最饒富寓意、廣為人知的故事：有個家庭的爺爺身體狀況大不如前，視茫髮蒼、動作遲緩失衡，老是打翻家裡的餐具，吃飯時總把餐桌弄得一片狼籍。老人的兒子與媳婦相當苦惱，為求方便，乾脆要求老先生離開餐桌，只准他蹲在爐子後方的角落用餐。後來甚至將每餐的食物一股腦地堆在陶碗中，直接讓老爺爺整碗端去食用，只不過老先生還是拿不穩，打翻了陶碗。但老先生的兒子、媳婦並沒有就此停手，反倒找來一只木碗給老先生使用，心想，這

下總該一勞永逸了吧！

　　後來，老人家的孫兒開始經常俯身在地上找尋木材碎片，並有模有樣地敲打起來。夫妻倆對於兒子的舉動感到好奇，開口詢問：「你在做什麼呀？」

　　兒子這時天真地抬起頭來，堆滿笑容回答了爸爸的問題，「我要做木碗呀！」

　　「木碗要做什麼用的？」爸爸追問。

　　「以後爸爸媽媽年紀大了，吃飯的時候才能使用呀！」孩子直率地回答父親，臉上的笑容依舊天真燦爛。

　　故事的結尾，是夫妻倆痛哭一場，頓悟到自己對待長輩的態度，就是將來兒子對待自己的態度。因此將老人家接回餐桌，一家人繼續不分彼此地一起用餐。這個故事給予波娃的啟示，無疑是《論老年》整本書撰述的源頭，也是打破老年沉默最有力的召喚。人類的經濟建立在追求利益與衡量產值之上，但是思索老年的議題，卻不能只套用生產力排序的邏輯，因為老年的價值，絕對不僅止於產出的貢獻。老年的意義在於標示未來可能的境地，更有益於點出反身關照的省思。沒有老年就沒有年少，老年的價值來自於回顧反思的路徑，在於預知我們共同面對的未來，也在於省思現在的處境與價值。最簡單的說法，就是我們必須永遠將人當人看，不能僅以收益或產值衡量人類的價值。老年人可以不必被視為又窮又老又廢，因為我們未來的樣子，就是他們現在的樣子；而我們的未來，是當下可以介

入干預的。就這個意義來說，我們就是老年，老年就是我。

　　《第二性》與《論老年》堪稱西蒙・波娃寫作生涯的兩大巨作，同樣都以大開大闔的理論架構以及犀利尖銳的論述辨證，顛覆人們對於因襲成俗的成見與偏見。就這個角度來說，波娃的《論老年》確實是歷來有關老年書寫的作品當中，觀點最獨特、批判火力最犀利的一本。納入女性觀點的老年觀，為偏頗的老年性別觀開啟一道嶄新的視野，也將老化的關懷帶向開放、多元、平權的新世紀觀點。西蒙・波娃的貢獻卓越，也為後續的老年書寫開發更多空間，當代作家方能在平等開放的性別框架當中，嘗試更多元的老年書寫。當代美國暢銷作家莉莎・潔諾娃，則由神經科學與心理學的角度，為老化的書寫添加更深刻的病理意涵。

《依然是愛麗絲》
——老化與失憶的再現與危機

　　在文學作品與影視創作當中，老化很容易被賦予特定的刻板印象，其中有不少屬於負面形象，也有許多不加思索、便宜行事的沿用複製。這些描寫往往流於刻板平面，但卻因形象鮮明所以傳播迅速，並透過作品的大量流傳，深刻地烙印在讀者的心目中。如果正好是暢銷作品，影響的受眾更是廣泛。

　　在媒體上，種種與老化有關的描述，例如頭髮蒼白、視力退化、身形佝僂等，算是相當典型的呈現。這些印象展現出老化在身體上所留下的痕跡，某種程度上算是忠實呈現外觀的變化，除非刻意誇大扭曲，要不然並不能說是刻意的偏見或歧視。不過有關老化的內在呈現，例如老年經常被勾勒為心機深沉、愛計較、小氣貪財的形象，就經常引來偏見或歧視的爭議了。這一類刻意為之的偏見，往往帶有搏君一笑的意圖，創作者與觀看者都心知肚明，並不能以偏概全，角色愈是荒誕好笑，結果也往往刻意突顯中庸誠實的道德教訓。

　　只不過，近年來隨著社會老化的腳步加速，老年人口的比

率持續增加，種種與老年密切相關的慢性與內科疾病，無法從外表一眼斷定的疾病，也無法單純從外觀持平對待的疾病，愈來愈占據老化書寫的關鍵地位。老化的書寫在過去二十年間出現很大的變化，過往認識不深或是較為罕見的老化疾病，如今變得稀鬆平常，這當中又以失智特別容易受到重視，也特別容易成為作家筆下與老化緊密連結的疾病。步入二十一世紀之後，失智儼然成為人類面對老化最大的威脅，也經常在文學創作與流行文化再現中被與老化劃上等號。即便老化不一定等同失智，失智也不能代表老化，但就當代的創作氛圍而言，兩者確實呈現鮮明的正相關，連結極為緊密。

出版於 2007 年的《依然是愛麗絲》(*Still Alice*)，是暢銷作家莉莎‧潔諾娃（Lisa Genova，1970 年– ）初試啼聲的作品。這本小說一開始由作家本人自費印刷，發行之後受到讀者的喜愛，因此獲得大型出版社西蒙與舒斯特 (Simon & Schuster) 的青睞，出版後旋即成為《紐約時報》的暢銷作品。根據出版社公布的資料，這本書累積的紙本銷售量已達兩百六十萬本，被翻譯成 37 種語言。臺灣將本書譯為《我想念我自己》(遠流出版，2010 年)，應該是現存討論老化與失憶的小說創作當中最受喜愛、銷售量最高、也最具有商業價值的一本。2014 年改編同名電影上映，更是受到矚目，飾演主角愛麗絲‧赫蘭 (Alice Howland) 的是知名演員茱莉安‧摩爾 （Julianne Moore，1960 年–)，她因為這部影片的傑出表現，席捲同年度奧斯卡金像

獎、金球獎、英國電影學院等總共 20 個影展的最佳女主角獎項。電影在臺灣上映時採用與中文譯本同樣的名稱,出版社在電影發行後也推出以電影海報為書封的版本。無論是小說或是電影,這部作品都獲得讀者與觀眾的喜愛,也獲得相當精彩的銷售成績。

作品暢銷的原因很多,例如:作者文筆精彩、情節構思巧妙、作者本身相當專業的醫療背景、劇情對症狀與病程發展的描述翔實懇切、小說與電影獲得美國阿茲海默症協會的背書、女主角的演技精湛、好萊塢將文字轉化為生動影像的強大能力、電影片商強大的行銷宣傳等。但是就觀眾的反應看來,暢銷的關鍵之一,是社會大眾對於老化與失智議題的關注。儘管帶有好奇與窺探的色彩,但大眾明顯已擺脫避諱、憐憫、厭惡、不耐等負面情緒,對疾病與老化的議題開始高度關注。

潔諾娃筆下的大腦相關病變

從第一部作品《依然是愛麗絲》開始,潔諾娃的創作就緊扣醫療議題,並環繞在神經相關的疾病上。《依然是愛麗絲》的主題是「早發性失智症」。第二部作品《半側空間忽略》(*Left Neglected*) 是講腦部受到外傷導致的「忽略症」,身體無法感知也無法處理身體另一側接收到的感官信號。第三部作品《這就是我來到這世界的理由》(*Love Anthony*,2012 年;臺灣於 2015 年由遠流出版)是一個「自閉症」男孩的故事。第四部作

品《因為愛，我們呼吸》（*Inside the O'Breins*，2015 年；臺灣於 2017 年由高寶出版）討論遺傳性神經退化疾病，一般簡稱為舞蹈症的「杭廷頓舞蹈症」。第五部作品《當最後一個音符輕柔落下》（*Every Note Played*，2018 年；臺灣於 2019 年由遠流出版）是一個成就卓越的鋼琴家罹患「漸凍症」的故事。第六部作品《一生都能好好記憶：哈佛神經科學家寫給每個人的大腦記憶全書，遺忘不是敵人，簡單練習，訓練記憶陪你走的更遠》（*Remember: The Science of Memory and the Art of Forgetting*，2021 年，臺灣於同年由天下雜誌出版）並不以小說體例書寫，而是採用淺白的科普口吻，解釋遺忘為什麼是大腦運作的重要功能。延續第一本書出版以來的熱潮，潔諾娃處理她所開啟的問題，並提出重要的解釋：遺忘是大腦正常的情況，我們無需把遺忘當成敵人，遺忘也不一定是得要盡力克服的障礙，我們可能忽略的是，有效的記憶得要建立在遺忘之上。

潔諾娃的創作屬於流行文學或科普創作的範疇，每一部都是暢銷作品，不僅是《紐約時報》暢銷書單的常客，也獲得許多雜誌與讀書網站的推薦，廣受世界各地讀者的喜愛，其中還有幾部作品獲得電影改編。她的作品之所以都與疾病有關，可能源自於她的求學背景。她大學畢業自美國緬因州的貝茲學院 (Bates College)，主修生物心理學，之後一路攻讀心理與神經相關的領域，研究主題包含憂鬱症之分子病因、帕金森氏症、藥癮、中風引發的記憶喪失等。潔諾娃在順利取得哈佛大學的神

經科學博士學位之後，積極參與美國與國際失智症協會舉辦的
活動，擔任美國阿茲海默症協會網站專欄作家，並且在公眾媒
體上相當活躍，獲得美國有線電視新聞網 (CNN)、全國公共廣
播電臺 (NPR)，以及「新聞一小時」(NewsHour)、「奧茲醫生
秀」(The Dr. Oz Show)、「今日秀」(Today) 等重要電視節目的
邀約。她在 TED Talk 的演說「如何避免罹患阿茲海默症」
("What You Can Do to Prevent Alzheimer's")，截至 2023 年 5 月
已經突破 840 萬次點閱，並且呈現穩定持續增加的趨勢。公眾
媒體上能言善道以及熱心參與的活躍形象，使潔諾娃無論是以
暢銷作家或是神經醫學專家的形象現身，都能夠獲得熱烈關注。

　　儘管潔諾娃的作品大受歡迎，她終究沒有以成為嚴肅的文
學作家為創作目標。潔諾娃的作品有明顯可預期的寫作公式，
亦即無論作品主題為何，大多都依循著極為雷同的角色呈現與
發展模式，劇情發展幾乎都環繞在罹病帶給當事人與家人、朋
友的衝擊，作品也均以正向積極的啟示收尾。幾近公式化的寫
作模式，是潔諾娃在一些批評家眼裡難以躋身傑出作家行列的
原因，也使得她始終無緣獲得重要的文學獎項。在此我並非要
評論潔諾娃的文學成就高低，更不是以學院派的高眉文化自居，
嚴肅文學與流行文學孰優孰劣的論戰並非我的重點。我要強調
的是潔諾娃大受讀者歡迎，背後所彰顯的寓意。任何一位單一
作品銷售量超過 200 萬本、公開演說吸引 800 多萬次聽眾點閱
的作家，她的寫作價值都不應該被輕易的貶抑、低估；我們研

究任何文學作品，也都不應該忽略孕育作品的社會背景與文化價值。相反地，流行文學的生產與銷售，與社會脈動可能具有更緊密的連結，對於凸顯社會現況的衝突以及對於未來的想望，流行文學的重要性可能不會低於嚴肅深奧的創作。素人作家出身、畢業自醫學而非創作相關的領域、從未接受過文學訓練，卻能接連寫出數部大受歡迎的作品。光就這些現象，就已經看得出來社會對於老化與相關疾病的熱烈關注。

　　依照潔諾娃自己的說法，她寫作的目標並非文學創作，而是神經疾病。她在某一次訪談中說：「我將蒙受神經疾病與失序的人寫成故事。我這麼做是因為我認為小說最能夠將同情轉化為同理，而這正是理解他人處境最好的方式」。

　　或許潔諾娃繼續以神經疾病為創作題材、寫著公式化的作品，對文學生產與廣大讀者來說是最好的發展。作品銷量的多寡以及對於作家關注度的高低，代表社會大眾對相關議題的關注。如果潔諾娃的成就在某些人眼裡顯得名過其實，那也只能說，這個議題來得太快、太突然也太重要；或者說，這是我們對老化議題長期漠視導致的結果。又或許以所謂的「文學成就」來衡量潔諾娃根本是文不對題，她志不在嚴肅文學創作，亦從未滿足於作家的單一角色，神經科學專業訓練以及對健康與人性的注視，才是她的最終關懷。也許她只是透過作家的聲音重現神經科學家的語言，她關注的對象是人而不是文學，文學創作只是她表達關切的方法之一。用審查文學獎項的標準來評量

潔諾娃的多重身分，說不定是書評們會錯意了。

老化的刻板印象與文學顛覆

　　長期以來，青春活力是人類熱衷歌頌的題材。讀者都喜愛閱讀以年輕角色為主角的小說作品，喜愛觀賞由正值青春年華的男、女主角主演的商業大片，所以電影界也樂於吹捧美麗俊俏的年輕演員，而非皮膚滿布皺紋、行動遲緩、言談中透露陳年往事，可能還背負有宿疾的資深演員。甚至許多大牌演員以數十年如一日的凍齡樣貌為賣點，就是因為大眾喜歡看到歲月並未在這些資深演員身上留下痕跡。市場反應證明，相較於老態龍鍾的角色，觀眾還是喜愛年輕貌美的明星，甚至期待他們數十年後依舊青春永駐。但問題是，老化一定都得以這樣的方式呈現嗎？老化只有單一樣板的演化路徑嗎？如果我們把老化呈現得如此單調乏味，那是誰的問題？

　　這也是為何我將「老化的再現」說成一種危機。老化的呈現過於樣板化、過於扁平單一，不僅僅是作家寫作偏好的問題，更是消費市場品味窄小的問題。這是文學創作與消費的偏食習慣，長久下來更可能惡化為想像力貧乏與再現能力弱化的危機。也因此，如果對潔諾娃廣受歡迎的情況嗤之以鼻，或是輕謔相關作品發展與角色呈現太過公式化，那正好證明長期以來文學作品對於老人與老化的呈現過於扁平單一的情況。文學創作對於老化書寫的單調與貧乏，是缺乏想像力的結果，是文學生產

的僵局,也是書寫再現的危機。

　　無論是文字或是影像創作,「老人再現」都面臨貧乏扁平的問題,原因除了怠慢因循的惰性之外,也與象徵隱喻的慣性連結有關。老年與特定疾病之間的連結,固然是經驗上的累積,也是統計上相對多數的結果。但是依循多數、習慣、經驗等法則所推定的印象往往過於刻板,即使有個體的遭遇迥異於期待值,仍很可能依照多數法則概括一切。缺乏對於少數與例外狀況理解的彈性,當然也就談不上包容、接納與尊重。

　　潔諾娃在 TED 的演講中表示,從她觀察祖母以及接觸病人所累積的經驗,阿茲海默症至少帶來三個寶貴的教訓:第一,縱使罹病也不是明天就要告別,往後還有很長的歲月,因此要學會把握當下 (Carpe Diem);第二,縱使阿茲海默症掏空過往的記憶,情感卻還是真實存在,我們依舊可以感受到來自家人的愛與生活的喜悅;第三,生命的內涵遠比記憶來得廣泛且深刻,那些造就我們生命的寶貴經驗,除了存在於自己的記憶中,也存在與我們互動、互相依賴的人身上。記憶固然是建構自我認知的要件,但並不是打造我們生命經驗的唯一元素。記憶除了單向式的表述之外,也在水平與垂直的構面、時間與空間的軸線中交錯。因此,任何人的生命都無法簡化為線性式的檔案文獻陳述;而任何生命的體現,都無法隻身獨立完成。

　　潔諾娃的創作,或許談不上精密的文學技法與深奧的哲理奧義,卻很有可能直接顛覆社會大眾的刻板印象,挑戰文學隱

喻與意義產生的慣性連結。社會大眾常將失智與失能連結到老年，而且這個近乎慣性的連結，往往也緊密勾串著負面嫌惡的字彙：老頑固、老人癡呆、「老番顛」、「老人囝仔性」等，講的都是失智症的典型症狀。若將討論的範圍放大，老人在俚語與諺語中連結的負面意涵那就更多了，例如民眾口耳相傳的民間俗諺，「食老有三歹，哈唏（打呵欠）流目屎，拍咳啾（打噴嚏）流鼻屎，放屁兼放屎」或是「坐咧直哈唏，倒咧睏袂去，見講講過去，隨講隨袂記」等，對於老人的描述都相當不友善，社會大眾對於老年普遍存有老邁、病痛、嫌惡、拖累的印象，「老」等於「不中用」。

　　多數人對於失智症的認知並不足夠，相關知識也往往從螢幕上獲得。目前醫學界對於失智症的認知非常少，唯一能肯定的是，失智症與年齡有密切的關連。根據衛福部 2013 年的統計，65 歲以上老人罹患失智症的盛行率為 4.97%，推估全國 65 歲以上老年人罹患失智症者共近 13 萬人，在 65 歲以上的老年人當中，每 20 位就會有 1 人罹患失智症。而且失智症的盛行率似乎有逐年攀升的趨勢，衛福部在 2021 年發布的最新資料中，六十五歲以上的老人失智症盛行率為 7.78%，而且比例持續攀升的趨勢相當明顯，就任何角度看來，都是相當嚴峻的問題。

　　這個問題不獨為臺灣所苦，根據國際失智症協會 (Alzheimer's Disease International, ADI) 所公布的資料，2018 年全球推估新增 1000 萬名失智症患者，平均每 3 秒就有 1 人罹

患失智症。2018 年全球失智症總人口推估有 5000 萬人，到了 2050 年人數將高達 1 億 5200 萬人。估計 2018 年花費在失智症上的照護成本為 1 兆美元 （約為 30 兆臺幣），而臺灣政府在 2018 年編列的總預算約為新臺幣 2 兆 220 億元，亦即全球照護失智症的成本將近臺灣政府年度預算的 15 倍。而這筆經費還在持續增加中，到了 2030 年全球失智症的照護成本將倍增為 2 兆美元。失智症為人類整體健康帶來的衝擊，以及可預期對國家社會帶來的財政負擔，屆時可能將高過現有已知的任何一種疾病。

將失智症與老年形象連結，是基於經驗法則而來的典型印象；而且罹患失智症的病人多半是老年人，因此也符合醫學上的統計結果。但儘管老年人有較高的機率罹患失智症，老年卻不應該被簡化為等同失智。潔諾娃筆下的阿茲海默症患者，就打破了這個簡單易懂卻未必正確的刻板印象。

與一般人熟知的失智症相比，潔諾娃筆下的失智症屬於早發性失智症 (early onset dementia, EOD)，好發於 65 歲以下尚未步入老年的人口。早發性失智症的罹病人數雖然遠不及典型的失智症，卻也不能說是罕見。根據臺灣失智症協會的估算，2014 年底全臺灣 30 至 64 歲的人口約有 1260 萬人，而臺灣 64 歲以下的早發性失智症患者約有 1 萬 2000 人，盛行率大約是 0.095%，亦即大約每千名 30 至 64 歲的人當中，就會有一人罹患早發性失智症。雖然以臺灣的盛行率來看，失智症與早發性

失智症的患者人數差距相當大。然而早發性失智症的患者，多半是承擔家庭經濟與勞務的年紀，對於家庭與社會的衝擊來說，可能更為直接與巨大。最令人絕望的是，目前這兩種型態的失智症都沒有有效的治療方式。

　　潔諾娃之所以有可能打破疾病隱喻的僵化以及想像力的匱乏，在於她的失智症書寫鎖定早發性失智症，這一層設定巧妙地破解失智症等同老人的刻板想像，也破解失智症老人多半為知識、經濟、勞動等社會弱勢的預設立場。《依然是愛麗絲》小說中，潔諾娃將主角的背景設定為中產階級、享有高度專業能力的知識菁英，無論是教育水準或階級收入，小說一家的社經地位遠高於美國的一般家庭。愛麗絲是年方五十的哈佛大學語言學教授，丈夫是研究生物學的專家；兒子就讀於哈佛醫學院；大女兒畢業於法律系，嫁給執業律師並喜獲麟兒；小女兒雖然不依循升學主義的道路，高中畢業後便到加州追尋演員夢，但也是個獨立聰明的孩子。小說透過對話營造出家人之間頻繁聯繫、親近互動的緊密連結，也會對彼此生涯發展做出最大的鼓勵與支持。

　　但也因這些背景設定，罹患失智症的愛麗絲除了要面對身體與心理的急遽轉變外，更得面對遭受隔離、孤立、遺棄的社會性衝擊。從一開始遺忘生活上的事情，無法勝任職場要求；接著遺忘專業能力，無法延續過去在工作場所的傑出表現，專業形象也隨之瓦解；最後是自我遺忘，忘了回家的路，忘了在

生命中曾經重要的點點滴滴，忘記最關切的親密家人，甚至忘了自己是誰。失智症最大的殺傷力，在於抹除回憶與認同的連結。如果我們的自我認同建立在對自己的認識，那麼比起病魔的摧殘，自我形象的逐漸消失或許是失智症所帶來更大的打擊。

遭逢罹病打擊的愛麗絲，在冷靜下來後開始理智思考。只不過愛麗絲對疾病的理解，卻依舊建立在二元對立的比較標準上。二元對立的思考雖簡單有效，對於疾病寓意的還原卻未必公允，而且極有可能激化原本就已經偏狹的對立思考模式，對於疾病可能承載的道德隱喻，反倒可能添加更大的負擔。疾病之於健康，往往被等同為異常之於正常、過剩（過多）之於合宜、變態之於常態、惡性之於良善。這些對立的思考，雖然清楚易懂且形象鮮明，相當有效地產生意義，但卻也可能牽動隱藏的敏感神經，加深原已存在的汙名與偏見。

失智症逐步喪失記憶的過程，往往予人慢性死亡的想像，從罹病的剎那開始，就只有逐步惡化一途，無法和緩止步，更不可能逆轉病症。小說中，愛麗絲將失智症與癌症進行比對，正因癌症的殺傷力以及癌症所承載的文化偏見眾所皆知，所以將失智症的隱喻建立其上，更足以顯現問題的嚴峻。人無法選擇罹患的疾病，但相對於令人束手無策的失智症，如果罹患其他的重症，例如癌症，會不會反倒還好一些呢？這當然是一個不存在也沒有實質意義的假設議題，人只能被動地對降臨到身上的疾病照單全收，但如果可以選擇，或許身陷絕望深谷中的

病人能得到一絲寬慰：愛麗絲寧可得到癌症，而不是阿茲海默症。如果罹患的是癌症，至少她還有對抗的對象，還有手術、化療、放射治療的選擇；人類對癌症的研究比較多，或許她的勝算來的大一點；她的家人與同事，可以替她加油打氣，說不定還會有人佩服她奮戰的勇氣；就算最後還是輸了，至少她還可以獲得「抗癌鬥士」的美名，也有機會在離開之前向親友一一道別與道謝。即便無濟於事，她還是放任自己沉浸在這樣的思緒當中。相較之下，人類對阿茲海默症一無所知，目前完全沒有武器可以對抗，只能眼睜睜看著自己的健康與自我認知在疾病的侵奪下，一點一滴地流失。愛麗絲將失智症與癌症對比，無疑是絕望下所產生的想法，意圖並非加深罹病的歧視。但也因如此「搭便車」的連結，創造出格外鮮明的對比。

在知名評論家蘇珊‧宋塔（Susan Sontag，1933–2004 年）的討論中，文學創作往往把癌症連結到壓抑與苦悶的中產想像，癌症本身是中性的存在，只是在人類的想像中被投射種種的文化偏見。但是在病友眼中，未知的未來可能比任何已知的偏見更難以忍受。潔諾娃進一步引用美國文學史上最有名的小說《紅字》(*The Scarlet Letter*)，將語言的隱喻延伸到文學經典。《紅字》主題是文字連結的道德想像，在小說中，被控私通的婦女會被迫穿上繡有大寫 A 的背心，寓意著通姦 (adultery) 的罪行，大大的字體繡成紅色利於遠方辨識，也利於無知民眾施加語言與精神暴力；罪人穿上背心表示無時無刻不在懺悔，也清晰標

示犯錯的帶罪之身。潔諾娃借用這個有名的文學典故，將阿茲海默症 (Alzheimer's) 的隱喻推展到另一個層次：A 字象徵阿茲海默症，也代表身分認同，只不過阿茲海默症的 A，並非象徵病患的言行舉止，而是病患身上承載的未知病因。這並非出於己願所背負的苦難，既無法究責也無法擺脫；但同時也顯示構成身分認同的複雜元素，難以用單一的外在因素去解釋、定義。在兩個故事當中，字母成了自我定義與形塑認知的方法。

隱喻的連結有其便利，當然也有其限制，使用上存乎一心，效應則往往見仁見智。但是罹病感受的書寫就沒有模糊空間，小說中最精彩的段落，在於罹病者與他人的情感聯繫，這層在身體健康時理所當然的連結，到了生死存續的關頭卻至為重要，甚至是保有人性尊嚴的最後防線，這也是潔諾娃筆下的失智症書寫最令人心痛的地方。對故事主角來說，疾病讓她理解到自己最珍惜的身分並非來自世俗成就的頭銜，而是與身邊眾人構築的關係；讓她感受到愛與溫暖的，是她妻子與媽媽的身分，作為朋友的身分，以及即將成為奶奶的身分。

主角愛麗絲‧赫蘭從一開始在每天工作必經的哈佛廣場迷路，接下來忘了自己預計上課的單元，忘了原定前往芝加哥開會的班機，忘了曾經有過的輝煌成就。抽象的思考記憶是愛麗絲最快喪失的記憶，在語言學領域的學術成就、在哈佛大學優秀的研究與教學能力，這一切都將很快消失。相較之下，具體的感官記憶會維繫較久的時間，她會記得在波士頓溫暖的夏日

午後開心地吃著蛋捲冰淇淋，是她最貪戀流連的美好記憶。疾病讓愛麗絲很快認清許多事情的本質，也促使她將生命中許多的事情重新排序。建立在競爭基礎之上的成就，以及賴以建立自信的專業知識，很快地在生命中遭到遺棄；而在夏日午後吃冰淇淋、成為媽媽的喜悅、陪伴孩子成長等，這些所有人都能享有的簡單樂趣，卻可能是跟著她直到最後的記憶。

愛麗絲很清楚自己即將遺忘曾經有過的美好一切，在喪失記憶、感受，甚至知覺之後，將走向麻木無知的狀態。她無法接受喪失一切的人生結局，於是決心在維持尊嚴的情況下自我了斷，甚至為了預防在最後關頭忘記如何了結生命而上網搜尋，並自拍影片鉅細靡遺地交代細節。諷刺的是，愛麗絲最後還是忘了一切，甚至忘記教學影片的存在，即便找到了，也忘記如何操作電腦。失智症是自我遺忘與認同消解的過程，也是一段自我認知與真實體驗差距逐漸拉大的過程。她所體驗到的、希望維繫的、自己喜歡的一切，正一步步與真實處境的距離愈來愈遠。想做的，愈來愈力不從心；想要的，愈來愈模糊不清。所有的一切都變得陌生，自己都不認識自己，到最後，連「自己」的概念都消失了。

但潔諾娃也點出，「我」的概念不僅存在於記憶中，也存在於人與人的互動網絡之中。我怎麼看待「我」，除了自己腦海中的概念，也與別人如何定義「我」、如何與「我」互動有關。也就是說，我所記得的「我」，不完全是自己的記憶，還有許多別

人對「我」的記憶。即便「我」忘了自己是誰，也不會完全塗銷「我」作為人的價值，「我」的存在造就許多人的記憶，許多人的記憶中也有「我」。

扭轉疾病與老化之間的刻板印象

如果持續展延疾病的偏見寓意，或是繼續堆砌失落剝離的苦難詞藻，潔諾娃的作品可能不會如此受歡迎。或許這也是所有疾病書寫面臨的最終挑戰：寫作的目的是什麼？為了誰而寫？如果是描繪罹病的過程，現有的紀錄片就有許多佳作；如果是宣導疾病的看護與防範，現有的衛教宣傳就已足夠；如果是單純記錄罹病一事，想必也不需大費周章地布局設計角色發展。也就是說，文學的書寫，必有其跨越現狀的超越性。平鋪直述的書寫模式可能有很多想說卻不能說、或說不出口的限制；而透過文學營造出無邊際的想像，正是疾病書寫的最大優勢。這個優勢，也是營造同理心與同情心的關鍵。

直白的同理毫無實踐的價值可言，直接的同情顯得廉價而高傲。討論疾病的苦痛，當然可以透過平鋪直述的記錄，然而如此一來，除了語言的張力無法充分顯現之外，恐怕也將流於絮絮叨叨的說教訓斥。小說的走向則相對正面，營造感同身受的論述優勢，避免八股說教的腐朽沉痾，儘管情節發展有如可預期的公式，但依舊激勵人心，不至於心生反感，凸顯文學書寫的強項。

失智症雖然是任何人都極力抗拒的遭遇，但對於愛麗絲來說，卻很可能是人生當中最珍貴的禮物。它教導了愛麗絲一個寶貴的課題：哪怕眼前的一切看來穩固，都是稍縱即逝；不只是功名利祿，連所有私密的記憶與感受，都是浮雲一般的存在。這樣的體悟，以極為簡單卻力道猛烈的方式告訴所有讀者：無論是昨日的記憶、過往引以為傲的一切、甚至我們認知自己的模樣都可能消失。失智症開啟一道疾病的寓言，如果人生的一切都是虛幻而脆弱的，那麼我們庸庸碌碌的活著，目的與意義是什麼？愛麗絲的答案很簡單，也很清楚：我們為每一天而活。我們活在當下，當下就有意義。即便某天一切都將離我們而去，甚至我們可能會忘記自己的名字，但這並不表示今時今日所認真度過的時光不存在。就算遺忘，只要認真活著，就有意義。

這是愛麗絲最後的體悟，也是小說書寫的結局。面對疾病帶來的衝擊，愛麗絲一路敗退，但是她依舊保有正向的心態，把握最後的機會，認真活在當下，深切體悟生命的每分每秒。這是她力所能及，也是她唯一能做的事。罹病之人如此，身心健康無慮之人也該當如此。

簡單地說，老化向來與失能、退化、弱勢等文化與經濟度量指標有緊密的連結，而失智是老化的刻板印象，也是壓垮老年的最後一根稻草。潔諾娃將書寫重點放在青壯年社會菁英，呈現出失智並非老人的專屬疾病，兩者也並非等同的概念。失智不一定是生不如死的折磨，反而可能在某些程度上啟發人生

的體悟。如此一來,失智並非全然負面,而具有一定的正向啟
發能量,也因此得以跳脫疾病隱喻的偏見,不再遭受生理與醫
學歧視的道德綁架。

結　語

數據化的老年

　　人可以活到多老？生命的盡頭在哪裡？什麼樣的人可以享有長壽的人生？長壽的秘訣是什麼？有沒有具體有效的方法可以讓人健康活到老？一直以來，人類對生命的極限都感到無限好奇，文學書寫對這個問題的探索當然也沒有缺席。

　　本書主題是不斷增加的年齡數據，以及其所代表的各種有關老化衰退的生理現象：生日蛋糕上的蠟燭，愈來愈不喜歡用數字來呈現，最後甚至用問號簡單帶過；夜間起床上廁所的次數愈來愈多，伏地挺身的次數卻愈來愈少；年少時的過目不忘成為只能緬懷的超能力，愈來愈常用「那個誰」指涉曾經記得卻無法清楚叫出名字的人。更不幸者，年紀增長可能代表記憶功能失常，年少時期記憶猶新，十分鐘前聽到的話卻輕易遺忘，即便不斷複誦仍像初次聽聞。我想問的是，年齡數據在文學作品中呈現的意涵，以及年齡數據反映的文化價值，是不是數字愈大愈趨負面？價值愈低？愈容易成為社會與家庭的負擔？

　　我們習慣以機率的方式評估健康平安人生乘載的風險，將

所有威脅現有生活樣態的因素轉化為清楚易懂的百分比，彷彿眾生群像可以轉化為數字，數字愈低，距離健康就愈遠。媒體上充斥精密包裝的數字，醫界也習於透過數字與民眾溝通，清清楚楚，簡單易懂。抽煙喝酒罹癌的機率、肥胖與心血管疾病的關聯、疾病透過生育代代相傳的或然率、運動時間與壽命的連動。我們開始教育自己使用數字來衡量自己的生命狀態：血壓的正常範圍得落在哪些數字之間？國民平均壽命延長到幾歲？不同性別與勞動狀況的每日攝取熱量是多少？或是如連續劇經常上演的橋段，主角在得知罹癌之後，用顫抖而絕望的語調詢問醫生：「我還剩多久時間？」

這個問題的根本認知在於：生命長度是量化的概念。藉由時間來衡量，重要的不是往前確認已經過了多久，而是希望往後預測還有多久。透過數據來評估人生狀況，是假設人的身體與健康狀態可以透過醫學診斷、科學評估、精密理性的計算與轉換，獲得合理的評估。而這些數字都基於人口總數與平均範圍所計算出來，象徵健康狀態無虞的正常值，合乎正常值表示身體無恙，反之則健康堪慮。難以言說的身體狀態彷彿可以轉換為無可辯駁的數字，複雜的人生樣貌可以同化為眾生平等的美好境界，無法探知的未來也因此獲得清晰可見的投射，一切的未知與不確定都可以得到肯定的答覆，生命中一切狀態都能獲得合理的解釋。而所有例外的狀態，也因為人類在持續進步，匯集頂尖人才的醫療科技一日千里，所以任何疑難雜症總有解

決的一天，目前無解的處境得以轉換成另一組數字，也是遲早的事。

人類似乎自古渴望著生命的長久，許多文化都有追尋永生不死的神話故事，擁有權力的人也代代渴求著長生不老的遺傳密碼。如果平均數字是衡量的標準，那麼能否越過基礎數值就代表了成功或失敗，彷彿學校考試一樣，高分代表了成就的尺度。但無論數字多麼龐大，終究有停止計算的一天。

老年人口比例逐年攀升是難以逆轉的現象。破除老化的刻板印象，重新賦予較為活絡正向且建設性的意涵，對於整體社會發展才有益處。無論先前考試獲得多麼高的分數、歷經多少挑戰，人生的最後，大家都註定要歸零。因此，透過量化的單位來測量生命的長度，以大數據的平均值作為評估的基準，雖然清楚易懂，但卻忽略了數字之外，顯示品質高低的標準。

小時候我最常被問到的、現在我也經常問別人家孩子的一個問題就是：「你幾歲？」人的歲數是種客觀且標準一致的數字，以科學實驗的角度而言，是能夠清楚測量且精確掌握的控制變數。所有生命從誕生的那一刻起，都可以被放置在時間的度量軸線上，隨著日出月落逐漸增長，直到最後。這個度量壽命的數字，儘管其大小不等同於生命品質，但多半能夠呈現生命的成長樣貌，數字愈小代表愈青澀，愈大則表示愈成熟。人類壽命與健康樣態的曲線，大多從前端的低點逐步攀升至中段的高峰值，而後遞減至曲線的末端消逝歸零。個位數的天真爛

漫、十來歲的青澀狂飆、二十來歲的青春美好……隨著智慧與歷練的累積，人生經過成熟穩定的狀態。到了六十出頭，職場生涯邁向尾聲，開始在交通、票券、消費上享有各項因年紀而獲得的優惠禮遇，「退休」與「老化」也變成日常生活中密集出現的詞彙。年紀是很神奇的一件事，小時候懵懵無知，希望這個數字快一點增加；臨老之際，我們卻都希望這個數字能夠走慢一點，甚至就永遠凍結在最美好的時候，停留在最健康無慮的狀態。

老化的文化意義

書寫老年的論述操作，是醫療化社會的一種控制形式，以世俗的眼光看來，老年被用來衡量生理上以及心理上的健康，並轉化為度量人生是否成功的標準：健康的老化被視為決心與意志力的展現，活得老，活得好，活得健康，成為具體可行且受到敬佩的成就；反之則被視為疏於健康管理的後果。人類的生命經驗，被限縮在臨床的診斷與治療之中。

近年來，流行文化對於老化與失憶的題材展現強烈熱忱。因事故失憶的偶像女星，在主角深情召喚下回想起遺忘的深愛；養老院失憶的老婦，在提示下遙憶相守一生的承諾；遭逢早發失憶的中年男子，回到過往會見年少時期愛慕的女子。以失憶與老化為題的小說與影視創作受到讀者莫大的歡迎，儼然成為流行文化的象徵性指標。此外，隨著創作題材日益寬廣，

除了年輕貌美的角色，富有人生歷練與深刻內涵的老年人也成為文字與影視創作的焦點，以老年人為主要角色的作品數量相當豐富，當中也不乏受到獎項與市場肯定的佳作。這表示社會大眾對於老化的議題，不再止於年金安養與老化醫療等政策面的探討。

　　一直以來，人類反覆探索著老化的真相，但所有企圖理解老化的嘗試都受到歷史條件制約，沒有同樣的答案。光是「老年」的定義，就難以充分解釋也無法驗證。老年存在語言交談中、在飲食作息中、在晨間的公園裡、也在串流播放的影片中。老化不只是醫學與生物學的概念，也非只透過自我來定義，而是由文化建構而成，集結社會的集體期待、心態與認知，並反映在社會文化的累積之上。老年承載著不同世代與不同價值的投射，要充分挖掘老年的概念，就必須要深入文化、社會、政治等深刻複雜的互動，找尋脈絡化的定義。也因此「老化的意義是什麼？」這個問題直接碰觸了社會文化多元、多層次的真實情境。探究老化，無疑就是考掘社會氛圍。事實上，老年論述絕非一致且單調的概念，而是起源於多元繁複甚至衝突對峙的集體論述觀點，並交錯構成的獨特書寫形式。老年的生命樣態是人生經驗累積的成果，在知識體系建立過程中所被壓抑、排斥、噤聲、遺忘的元素，是我們理解老化的重要元素，並透過小說家、畫家、新聞記者、社會學家、日記記錄、醫師與健康工作者等人的語言文字描述、診斷與標示，成為實證與論述

的產物。

「人類什麼時候開始老化？」「老化是什麼意思？」如前所述，無論是哪個年代、哪個文化，答案雖有不同，但是展現出來的好奇心卻是一模一樣。老年的形象與意義多元繁複，獨尊單一的視野、符碼與價值並不適當。老年應該參照多元觀點、多元價值，獲得彈性多義的定義。面對老年，我們唯一能夠肯定的事情，就是我們並無法確認任何事情。或許，坦承我們的無知與無助，才是面對老年最謙虛也最該要抱持的態度。

晚近對於老年的研究似乎有重燃熱情的趨勢，檢視現有社會架構的困境，引領我們探究未來的生命情境，開展更為平等且謙遜的倫理關係。這一切需要統整多種研究視野與方法，除了傳統，更需不斷適應當代的存在與社會經驗。思索的過程離不開深入檢視與自我反思，本質上也必然涉及哲學思辨。也就是說，檢視、思索生命本身，必然是個哲學的歷程。老年研究最大的價值，在於體現他者的存在，經由設身處地著想歷經病痛的折磨，體認到生老病死乃人生中唯一不變的真理：眾生平等，無法避免，無一例外。透過同理的召喚，感受他者的生命狀態，預知自己未來的處境。也就是說，研究老年書寫最大的價值，與所有偉大的人文學科研究一樣，在於悅納異己、實踐自我；在於認識自己 (know thyself)，也在於認識他者 (know the others)。

參考書目

第 2 章

Galen. *Galen: Selected Works*. Trans. P. N. Singer. Oxford and New York: Oxford University Press, 1997.

Grant, Mark. *Galen on Food and Diet*. London and New York: Routledge, 2000.

第 5 章

Bacon, Francis. *History of Life and Death* [*Historia Vitae et Mortis*]. Whitefish, MT: Kessinger Publishing, 2010.

Latour, Bruno. "A Collective of Humans and Nonhumans: Following Daedalus's Labyrinth." *Pandora's Hope: Essays on the Reality of Science Studies*. Boston, MA: Harvard University Press, 1999.

Serjeantson, Richard. "Natural Knowledge in the *New Atlantis*." *Francis Bacon's New Atlantis: New Interdisciplinary Essays*. Ed. Bronwen, Price. Manchester and New York: Manchester University Press, 2002. 82–105.

第6章

Descartes, René. *The Philosophical Writings of Descartes*. Vol. 1. Trans. John Cottingham, Robert Stoothoff, Dugald Murdoch. Cambridge and New York: Cambridge University Press, 1985.

Hooke, Robert. *Micrographia: Or Some Physiological Descriptions of Minute Bodies Made by Magnifying Glasses with Observations and Inquiries Thereupon*. London: Jo. Martyn and Ja. Allestry, 1665.

Verwaal, Ruben E. *Bodily Fluids, Chemistry and Medicine in the Eighteenth-Century Boerhaave School*. London: Palgrave Macmillan, 2021.

Waddington, Keir. *An Introduction to the Social History of Medicine: Europe since 1500*. London: Palgrave Macmillan, 2011.

第7章

Howes, Donald. *Who's Who in Dickens*. London and New York: Routledge, 2001. 84–86.

Heath, Kay. *Aging by the Book: The Emergence of Midlife in Victorian Britain*. Albany, NY: State University of New York Press, 2009.

Jewusiak, Jacob. *Aging, Duration, and the English Novel: Growing Old from Dickens to Woolf*. Cambridge and New York: Cambridge University Press, 2020.

Katz, Stephen. *Disciplining Old Age: The Formation of Gerontological*

Knowledge. Charlottesville and London: University of Virginia Press, 1996.

Morley, Malcolm. "Martin Chuzzlewit in the Theatre," *The Dickensian* Vol. 47 (Jan 1, 1951): 98.

Ottaway, Susannah R. *The Decline of Life: Old Age in Eighteenth-Century England.* Cambridge and New York: Cambridge University Press, 2007.

Quadagno, Jill S. *Aging in Early Industrial Society: Work, Family, and Social Policy in Nineteenth-Century England.* New York and London: Academic Press, 1982.

Summers, Annette. "Sairey Gamp: Generating Fact from Fiction," *Nursing Inquiry* (1997; 4): 14–18.

Zeilig, Hannah. "The Critical Use of Narrative and Literature in Gerontology." *International Journal of Aging and Later Life.* Vol. 6, No. 2 (2011): 7–37.

第 8 章

Cooperman, Stanley. "Hemingway and Old Age: Santiago as Priest of Time." *College English*, Vol. 27, No. 3 (1965): 215–220.

Hemingway, Ernest. "The Old Man and the Sea" *The Short Stories: The First Forty-nine Stories with a Brief Preface by the Author.* New York: Scribner, 1995.

Oldsey, Bernard S. "Hemingway's Old Men." *Modern Fiction Studies,*

Vol. 1, No. 3 (1955): 31–35.

朱炎，〈海明威小說中的老人〉，《中外文學》，13 卷 12 期 （1985 年），頁 4–14。

朱炎，《美國三大小說家賞析：海明威、福克納、厄卜代克》，臺北：九歌文化，2005 年。

第 9 章

de Beauvoir, Simone. *The Coming of Age*. Trans. Patrick O'Brian. New York and London: W. W. Norton & Company, 1996.

第 10 章

Genova, Lisa. *Still Alice*. New York: Pocket Books, 2009.

臺灣失智症協會，〈認識失智症〉，《臺灣失智症協會》，Nov. 2022. <http://www.tada2002.org.tw/About/IsntDementia>

衛生福利部 ，〈臺灣失智症盛行率調查， 我國 65 歲以上長者為 4.97%〉，《102 年衛生福利部新聞》，Apr. 2022. <https://www.mohw.gov.tw/p-3211-23536-1.html>

楊心怡，〈臺灣失智症人口已逾 26 萬，4 大警訊必留意〉，《康健雜誌》， Sep. 2016. <https://www.commonhealth.com.tw/article/article.action?nid=73101>

林慧淳，〈2019 年失智友善城市大調查〉，《康健雜誌》，Oct. 2019. <https://www.commonhealth.com.tw/article/article.action?nid=80 220>

圖片來源

圖 1-1、1-2、1-3、1-4、1-5、2-1、2-3、2-4、3-1、3-2、
3-3、4-1、4-2、4-3、4-4、5-1、6-1、6-2、6-3、6-4、
6-5、6-6、6-9、6-10、6-12、6-13、6-14、6-15、6-16、
6-17、7-1、7-2、7-3、7-4、7-5、7-6、8-1、8-2、8-3、
9-1、9-2：公有領域。

圖 2-2：本局繪製。

圖 6-7、6-8：Borelli, De motu animalium, 1734. Wellcome
Collection. Attribution 4.0 International (CC BY
4.0).

圖 6-11：Hermanni Boerhaave, Sermo academicus, de
comparando certo in physicis; quem habuit in Academia
Lugduno-Batava, quum 8 Februarii, anno 1715
rectoratum Academiae deponeret/[Herman Boerhaave].
Wellcome Collection. Attribution 4.0 International (CC
BY 4.0).

蠻子、漢人與羌族

王明珂／著

夾在漢、藏之間的川西岷江上游，有一群人世代生息在這高山深谷中，他們都有三種身分：他們自稱「爾瑪」，但被上游的村寨人群稱作「漢人」、被下游的人們稱作「蠻子」。本書以當地居民的觀點，帶您看他們所反映出「族群認同」與「歷史」的建構過程。

粥的歷史

陳元朋／著

一碗粥，可能是都會男女的時髦夜點，也可能是異國遊子的依依鄉愁；可以讓窮人裹腹、豪門鬥富，也可以是文人的清雅珍味、養生良品。一碗粥裡面有多少的歷史？喝粥，純粹是為口腹之慾，或是文化的投射？粥之清是味道上的淡薄，還是心境上的淡泊？吃粥的養生之道何在？看小小一碗粥裡藏有多大的學問。

慈悲清淨──佛教與中古社會生活

劉淑芬／著

本書描繪中國中古時期（三至十世紀）在佛教強烈影響之下，人民生活的各個層面。雖然佛教對日常生活有相當的制約，但佛教寺院和節日，也是當時人們最重要的節慶和娛樂。佛教的福田思想，更使朝廷將官方救濟貧病的社會工作委託寺院與僧人經營。本書將帶您走入中古社會的佛教世界，探訪這一道當時百姓心中的聖潔曙光。

公主之死——你所不知道的中國法律史
李貞德／著

丈夫不忠、家庭暴力、流產傷逝——這是西元第六世紀一位鮮卑公主的故事。有人怪她自作自受，有人為她打抱不平；有人以三從四德的倫理定位她的角色，有人以姊妹情誼的心思為她伸張正義。他們都訴諸法律，但影響法律的因素太多，不是人人都掌握得了。在高舉兩性平權的今日，且讓我們看看千百年來，女性的境遇與努力。

奢侈的女人——
明清時期江南婦女的消費文化

巫仁恕／著

明清時期的江南婦女，經濟能力大為提升，生活不再只是柴米油鹽，開始追求起時尚品味。要穿最流行華麗的服裝，要吃最精緻可口的美食，要遊山玩水。本書帶您瞧瞧她們究竟過著怎樣的生活？

救命——明清中國的醫生與病人
涂豐恩／著

在三百年前，人們同樣遭受著生老病死的折磨。不同的是，在那裡，醫生這個職業缺乏權威，醫生為了看病必須四處奔波，醫生得面對著各種挑戰與詰問。這是由一群醫生與病人共同交織出的歷史，關於他們之間的信任或不信任，他們彼此的互動、協商與衝突。

情義與愛情——亞瑟王朝的傳奇

蘇其康／著

魔法師梅林、哈利波特的魔法世界、魔戒裡的精靈族、好萊塢英雄系列電影、英國的紳士風度，亞瑟王傳奇一千多年來啟發無數精彩創作，甚至對歐洲的社會文化造成影響。然而，亞瑟王來自何處？歷史上真有其人嗎？讀過亞瑟王，才能真正了解西方重要的精神價值，體會更多奇幻背後的文化底蘊！

獅頭人身、毒蘋果與變化球——因果大革命

王一奇／著

因果關係與我們的生活息息相關，小到如何進行飲食控制，大到國家政策的制定，都無法擺脫因果對我們過去、現在及未來的影響性。所以——我們需要認識「因果」！但有其「因」必有其「果」嗎？作者在書中靈活運用生活及科學實驗的例子，勾起我們正視思考的陷阱，探討因與果的必然性。

風雪破窯——呂蒙正與宋代「新門閥」

王章偉／著

本書重構呂蒙正及其家族的故事，除了讓讀者重新了解呂家這段精彩的家族故事之外，更透過分析呂氏家族的歷史認識中國中古門第社會崩解後，科舉制度如何影響士族官僚的發展，並改變了近世中國的社會結構。本書以淺顯易懂的語彙與學術性、易讀性兼具的內容，讓讀者能輕鬆的理解相關內容，提供觀看「宋代門閥」的新視野！

致　親愛的——莎士比亞十四行詩

邱錦榮／著

莎士比亞的十四行詩以固定的體裁和韻律，結構嚴謹卻又情感豐沛，展現詩人對於愛情最虔敬的歌詠與遐思。本書共分三部分，先詳盡梳理莎士比亞詩作書寫的時代背景、寫作環境，以及歷史上圍繞著詩作的種種謠言與謎團，進一步揭示閱讀十四行詩的要點方法，最後以節錄方式挑選詩集精華，詳盡解析經典。

國家圖書館出版品預行編目資料

老樣子：從神話史詩到現代小說，跟著西方經典作品
思考「老化」這件事／陳重仁著.－－初版一刷.－－
臺北市：三民，2023
　　面；　公分.－－（文明叢書）

ISBN 978-957-14-7705-3（平裝）
1. 西洋文學 2.文學評論 3.老化

870.2　　　　　　　　　　　　112015342

文明叢書

老樣子──從神話史詩到現代小說，跟著西方經典作品思考「老化」這件事

作　　者	陳重仁
總 策 畫	杜正勝
執行編委	單德興
編輯委員	王汎森　呂妙芬　李建民　李貞德
	林富士　陳正國　康　樂　張　珣
	鄧育仁　鄭毓瑜　謝國興
責任編輯	陳振維
美術編輯	黃孟婷
發 行 人	劉振強
出 版 者	三民書局股份有限公司
地　　址	臺北市復興北路 386 號 (復北門市)
	臺北市重慶南路一段 61 號 (重南門市)
電　　話	(02)25006600
網　　址	三民網路書店 https://www.sanmin.com.tw
出版日期	初版一刷 2023 年 11 月
書籍編號	S600480
I S B N	978-957-14-7705-3

三民書局